うつぼのひとりごと

吉村萬壱
Man-ichi Yoshimura

亜紀書房

うつぼのひとりごと

もくじ

「光」

四半世紀前に東京で都立高校の教師をしていた時、スクーバダイビングの免許を取った。嬉しくて、仲間と何度か伊豆の海に潜りに行った。海の中にある程度沈むと、海面も海底も霞んで見えないポイントに達する。そこは上下左右すべて一様な光の世界で、自分が上を向いているのか下を向いているのかも分からない。

平凡な日常意識というのは、この感覚と似ている気がする。決して不快ではないが、自分の進むべき方向が分からずにフワフワとして知らないうちに流されていく。しかし全く方向が分からないわけではない。泡が上っていく方が上である。自分の吐いた泡の行方を頼りにゆっくりとフィンを動かし、浮いたり沈んだりを繰り返す。

仄《ほの》明るい微温的なこの感じは、ある種幸福な状態かも知れない。

しかしその一方で、何かもっと暗くて深いところに行かなくては、という強迫観念めいた衝動がある。BC（潜水用ベスト）から酸素を抜き、腰に巻いた錘《おもり》の導くままどんどんと深いところまで潜っていきたい。スクーバダイビングをすれば、人は必ず海底まで到達したくなるものだ。私の潜水記録はせいぜい二十四メートルだが、たったこれだけの深さにも、もうあまり光は届かない。海底に立って上を見上げると、自分の頭上にある水の量に圧倒されて大いに不安になる。厚さ二十四メートルの水というのは人間の力など全く及ばない途轍《とてつ》もない量であり、実に恐ろしい。何かちょっとした事故が起きるだけで私は簡単に死ぬに違いない。こんな場所で、曇った水中眼鏡を外して指で拭い、再びかけて鼻から息を吹きながらマスクの中の水を排出（マスククリア）するスリルたるや、相当のものである。

しかしこの畏怖の念がなければ、スクーバダイビングの面白さは確実に半減するだろうと思う。海底では加圧された酸素を吸っているから、そのまま息を止めて急上昇すれば肺は破裂する。必ず泡よりもゆっくり浮上しなければならない。やがて始めの光の海の辺りまで戻ってくると、大きな安堵感に包まれる。そしてしばらくすると光に倦《う》み、再び暗い深みへと下りていきたくなる。

普通に暮らしていられるだけで、人は幸せな筈である。

しかし誰でも、今いる場所よりずっと深くて暗い世界へと下りていきたいという衝動を、多かれ少なかれ持っているのではあるまいか。浅い海で光に包まれながら何となく満たされないのは、沢山の光に紛れて光そのものが見えなくなっているからかも知れない。

人間は哺乳類であるから、他の多くの哺乳類と同じく本来は夜行性なのではないかと思う。現代社会は夜から闇を排除してしまったが、人間は実はもっと闇を欲している気がする。暗い方へと向かいたいという衝動は、恐らく本能的なものだ。

梶井基次郎に「闇の絵巻」という短編があるが、これほど闇のリアルを描き切った小説はない。

長い間、山間の療養所に暮らした「私」は、闇を愛することを覚えた。彼はたびたび渓《たに》に沿った真っ暗な街道を、一人下流から上流の療養所に向かって歩く。闇の中で渓流の瀬の音が「ワッハッハ、ワッハッハ」という大工や左官の酒盛りの声に聞こえて「心が捩《ね》じ切れそうに」なりながら。

闇！　そのなかではわれわれは何を見ることも出来ない。より深い暗黒が、いつも絶えない波動で刻々と周囲に迫って来る。こんななかでは思考することさえ出来ない。何があるかわからないところへ、どうして踏込んでゆくことが出来よう。勿論われわれは摺《す》り足《あし》でもして進むほかはないだろう。しかしそれは苦渋や不安や恐怖の感情で一ぱいになった一歩だ。その一歩を敢然と踏み出すためには、われわれは悪魔を呼ばなければならないだろう。裸足で薊《あざみ》を踏んづける！　その絶望への情熱がなくてはならないのである。

なぜ彼は、裸足で薊を踏んづけるような絶望への情熱に取り憑かれるのか。

私は今いる都会のどこへ行っても電灯の光の流れている夜を薄っ汚く思わないではいられないのである。

闇の世界には、微温的な日常の持つ一種の不潔さから遠く離れた何か清潔なもの、清浄なものがあるらしい。それが彼を強烈に惹き付けるのである。

私は四級ダイバーなので、単独では潜れない。必ずバディ（仲間）と一緒でなければならない。しかし深い海底に立つと、たとえそばにバディがいても恐ろしいほどの孤独に圧倒される。さらに深い深淵の闇には、どんな孤独が待ち受けていることか。

しかしいつか、そんな場所に行ってみたいと思う自分がいる。

自分の指先すら見えない漆黒の闇の中では、どんな小さな光も見逃すことはない。

「闇の絵巻」の主人公は闇の中に一軒だけ民家の灯りを見る。提灯を持たない男が、その灯りを背にして闇の中に消えていく。それを彼は彼自身の姿と見て、異様な感動を覚える。闇の中に見出す他者は、なぜか決して他人ではないのだ。

意識的に不幸の中に沈み込んでいく人、暗い考えに取り憑かれて抜け出せない人、なぜか自ら不幸を招き寄せる人、絶望の谷底に転がり落ちていく人。私が惹きつけられてやまないこれらの人々は、ひょっとすると命知らずのダイバーであり、光の探索者なのかも知れない。

「傷」

仕事でよく東京に行く。自宅が関空に近いので、新幹線ではなく飛行機を使う。東京に近付くと、機体は房総半島の上を旋回しながら降下する。窓からその景色を見ていて、ある時ぎょっとした。山の上をウジ虫が這っている。よく見ると、山の緑がクネクネと白っぽく糸状に禿げているのである。もの凄く気持ち悪い。そんな山が幾つもある。後で調べてみて分かったが、それはゴルフ場だった。房総半島にはゴルフ場が沢山ある。緑の芝生が美しいゴルフ場も、上空から見ると地球の傷に過ぎない。

考えてみると、都市も工場も農場もすべて地球表面の傷である。地球上には、地表を蚕食《さんしょく》する以外に生存の方途を持たない人類という生物が七十億個体以上存在し、絶え間なく活動している。この活動を止めると人類は早晩死滅するかの如くに。山を削り、木を斬り倒し、生物を殺し、化石燃料を焼やし、大気を汚す。そういう生存方法を選択してしまった特異な種なのである。

私も人類の一人として、日々地球を傷つけている自分を認めざるを得ない。生きるということは、この世界を傷つけるということと同義である。「私は環境保護に留意して暮らしています」といくら主張しても、現時点では、地球を傷つける生存システムの中で生きているという事実に変わりはない。将来的に、科学の力でこの問題は解決するだろうか。最もクリーンなエネルギーであった筈の物が、今では最も恐ろしい脅威となって人類の生存を脅かしている。同時にわれわれは自然によって時に手酷く傷つけられる。人類史は様々な自然災害との闘いの歴史でもある。

視点を個体に移してみると、生きることとは自他の心身を傷つけることだと言えるかも知れない。人は誰も傷つけずに生きることも、誰からも傷つけられずに生きることもできない。「私は誰も傷つけたことがありません」と主張する人ほど、心ない言葉で人を傷つけていることに無自覚なだけである場合がある。私はそういう人を信じない。自分が一点の瑕疵《かし》もない美しい玉だと盲信している人は、世界全体が汚れていることにも、自分がその汚水の中で身をくねらせている一匹のボウフラであることにも気付かないのだろう。

握手しようとして、自分の手指のササクレで否応なく相手を刺してしまうことに苦しむ人がいる。鈍感で無神経な私も、自分のササクレで数え切れないほど人を刺してきたに違いない。中には深手を負わせた人もいて、それは決して取り返しがつかない。数日前にも、NHKの委託業務で集金に回ってきた人を激しく責め、「二度と来るな！」と追い返した。去り際の彼の顔。あんな哀しい顔になるまで人を追い込んでいい道理はなかった。こちらが正しければどんな暴言でも許されると思い込む自分の正義面には、本当にうんざりする。歳を取って、ますます自分の言葉が酷くなっている気がする。醜悪極まりない。

自分が傷つくことも、誰かを傷つけてしまうことも、ともに恐ろしいことである。しかしそれを恐れ過ぎると、人は自分の部屋から一歩も外に出られない。学校や会社、社会という場所は、互いに傷つけ合うことを課してくる一種の地獄であって、本当に純粋な魂には耐え難い場所なのかも知れない。

しかしまた、そんな地獄に染まることなく美しい存在であろうとすればするほど、よけいに自他を傷つける自分になってしまう場合もあるような気がする。

川の上流の石は、ゴツゴツとして鋭く尖っている。川の流れに流されて、他の石とぶつかり合い、こすれ合い、傷つけ合うことで石は次第に丸くなり、やがてツルツルとした滑らかで美しい存在になる。下流の石が丸いのは、自他共に激しく傷つけ合った結果である。もし川の流れに飛び込まなければ、石はずっと尖ったままであろう。傷つき、傷つけられることを恐れるあまり、最も自他を傷つけやすい形に留まり続けざるを得なかったとすれば、それは美しくも哀しい姿ではなかろうか。

しかし川の上流に留まり続けるのも一つの生き方であろうし、そういう在り方しかできない繊細な精神も存在するに違いない。川の上流の尖った石が時に光を受けて美しく輝くのは、川の流れに飛び込めないその石が、既に十分に傷ついているからだろう。

そもそも石とは山肌が傷つけられて生まれ落ちた物であり、人間も何かそういった、予《あらかじ》め傷つくことを宿命として生まれ落ちてきた存在なのかも知れない。

「水」

知的障がいの支援学校の中学部で、十七年間勤務した。

ある時、自閉症の生徒がいつものように、中庭の水道の水を出しっ放しにして水遊びをしていた。蛇口の下に手を入れて、陽を受けて輝く水の様子を楽しんでいる。「楽しい？」と訊いても返事は返ってこないが、傍目にも夢中になっているのが分かる。顔を覗き込もうとすると、迷惑そうに顔を背ける。彼は水との間に完璧な関係を築いていて、私の存在など邪魔だったに違いない。

水道の蛇口は四つ並んでいた。手持ち無沙汰の私は、彼の真似をして水道の水と勝手に遊ぶことにした。少し離れた蛇口を使って水道水と戯れ始めるとすぐに、水というものが変幻自在の顔を持ち、まったく退屈しない遊び相手であることが分かった。そして自分がずっと水が好きだったことも再認識した。水には余分なものが一切なく、どこまでいってもただひたすら水である。その表情は無限に変化するが、絶えず鏡のように鎮《しず》まろうとする。だからこそ信頼できる。水は絶対に裏切らない。こちらがどんな変化を加えようと、必ず水本来の静けさへと戻っていくのである。

私は生徒をチラッと見て「先生も君と同じで、水がとても好きだったよ」と無言で語りかけた。彼はすぐに目を逸らしたが、その口元は笑っていた。たったこれだけの出来事だったが、私はこの時、水を通して、初めてちゃんと彼と意思疎通ができたと感じた。

言葉などあまり役に立たない。私もそうだが、学校の教師というものは往々にして喋り過ぎる。知的障がいの生徒にとって、弾丸のように飛んでくる教師の言葉など何の意味も持たないに違いない。自分のやっていることに自信がない時、私はことさら饒舌になったものだ。生徒に話し掛けているのではなく、自分や同僚の教師や保護者へのエクスキューズとして喋っていたのである。そんな時、私の頭はフル回転していたと思う。
こんな教師よりも、水の方がよほど生徒に信頼される理由を、たとえばこんな言葉が言い当てているような気がする。

水は人間のような作為の心をもたず、愛の感情も智のはたらきも持たない。水はただ無心であり自然である。

（福永光司『中国古典選10　老子（上）』朝日新聞社）

水は人間のことなど一切考えない。もし水に愛や智のようなものがあったなら、生徒は決して水を信頼しないだろうと思う。なぜなら作為的な存在は、いつか自分を裏切る可能性があるからだ。しかし水には作為がない。時として恐ろしい化け物となって襲い掛かってきたとしても、それは我々を作為的に裏切ったのではない。
東日本大震災の時「重機が飛んできた」という話を、仙台市の女性から聞いた。ダンプやブルドーザーが津波に押し流されて突進してきて、彼女の家の一階部分を直撃していったのだという。沢山の犠牲者が出た津波の主役は、海の水だった。もしこの水に愛や智があったなら、我々は決して海を赦《ゆる》すことができなかったに違いない。津波の後、海は嘘のように凪《な》いだ。水平線に向かって身内を返せと人々は泣き叫び、海を恨んだ。しかし彼らは自分たちが、海の持つ悪意によって裏切られたとは感じなかったであろう。なぜなら海には、そんな作為も意図も一切ないからだ。

水は無心なのである。

人に憎まれ、畏れられ、渇望され、感謝され、人を癒し、あらゆる物を変化させ、自分自身も様々に変化するけれども、必ず元の状態へと戻ってくる万物の根源である水。水は最も高貴であり、かつ最も蔑まれる存在でもある。

最上の善は、たとえば水のようなものである。

（中略）

（水は）人々の嫌がる低湿の地を居処《すみか》とする。

（前掲書）

私は廃墟となった工場やラブホテルが好きで、通りかかると可能な限り入っていって観察することにしているが、そういう場所は天井のどこかが雨漏りしていて、床の一角に水溜まりがある場合が多い。誰からも顧みられることのないその黒い水溜まりに、割れガラスの窓から見える空の雲などがくっきり映っていたりすると、思わず吸い込まれそうに見入ってしまう。黒く汚れた水であればあるほど、美しい鏡なのだ。そしてどんな汚水であっても、巡り巡っていつかは澄んだ水に戻っていくのである。

今年、教え子の成人の祝いに行った。

何年振りかで、水遊びの彼にも会った。成人した彼は随分背丈が伸びていたが、彼が彼である本質は全く変わっておらず、懐かしくて仕方なかった。私が見つめると相変わらず落ち着かない表情になったが、しかしチラッとこちらを見たその表情から、中庭の水道で一緒に並んで水遊びをすれば、きっと今でも分かり合えると互いに確認できた気がして嬉しかった。作為的な心に日々振り回され続けていた私にとって、彼こそが無心で自然な水であったに違いない。彼の心に洗われて、私はあの時幼い頃の感覚を思い出したのだろうと思う。

「ゴミ」

ゴミが大好きである。

私の住む大阪府貝塚市は東西に長く、西には大阪湾、東に和泉山脈がある。海に行っても山に行っても、そこには必ず不法な秘密のゴミ捨て場がある。街という空間は、不要不潔な物を排除することによって成り立っているのだと思う。従って街の辺境には、市民が見たくない物、見ないようにしてきた物、失くなって欲しい物などが、人目を忍んで、ゴミとして積み上がっているのが常である。それを詳しく物色するのが、私の密かな楽しみなのだ。

ゴミ捨て場には、生活臭に満ちた実に様々の物があって、楽しくてしょうがない。

夜逃げした家族の思い出のアルバム、子供の成績表、宿題ドリル、妻子ある男性と不倫関係にある水商売の女性の日記（それは誤字と恨みに満ちている）、倒産した製造業者が不法投棄した何かの部品の山、すべての女性の鼻の穴がボールペンで黒く塗り潰されたエロ本、公共の建築物の図面、壊れた炊飯器、今にも爆発しそうな消火器、湿った座布団、布団、衣類、中身がむき出しのビデオデッキ、ナメクジまみれのゴルフコンペのトロフィーなどなど、実にバラエティーに富んでいる。

中には充分に使える物もある。まだ書けるボールペン、ニスが剝げただけのチェスト、ほとんど使われていない手帳、鼻の穴が塗り潰されていないエロ本、歴史の教科書、レターケース、鮭をくわえた熊のレリーフ、蠟燭、額縁、まだ聴けそうなCD。こういった物は可能な限り持ち帰り、実用品として生活に役立てるようにしている。

こんなことをしながらゴミ捨て場で長い時間を過ごしていると、自分の生活も実はゴミに満ちているのではないかという気になってくる。実際にゴミを持ち帰って使ったりしているからというのではない。一見ゴミとは無関係に普通に暮らしている人々も、実はゴミと区別がつかない物に囲まれて暮らしているのではないだろうか。人々が普段使っている電化製品や自家用車、ノート、筆記用具、化粧品、服といった生活上のすべての物は実際は使い古された物である。そのどれもがゴミ捨て場に置かれるだけでゴミとなり、何の違和感もなくゴミの山に収まる代物である。もちろん中には買ったばかりの新品もあるだろうが、手にした途端それは中古品になる。壊れた物や、役に立たなくなった物を捨てずに取ってあるという場合も、案外少なくなかろう。物とはつまり、それを家に置いていればゴミではなく、ゴミ捨て場に置かれるとゴミなのだ。これは観念的な区別であり、ゴミという何らかの実体があるのではない。幼子が手放さない汚れたクマの縫いぐるみのように、自分にとってはどんなに愛着がある品だろうが他人にとっては手垢のついた不潔な代物に過ぎず、他人から見てどんなに不潔でも自分にとって宝物であるならそれは宝物なのだ。

ゴミ捨て場漁りの極意はここにある。絶対的なゴミという物は存在しない。すると突如として、不潔なゴミ捨て場が宝の山となる。ゴミを拾い、それを自分にとっての宝にする営みを、私は「美を救い出すopus」と名付けている。「opus」とは、錬金術で卑金属を金に変える「作業」を意味するラテン語である。

ゴミを排除し、清潔な空間に住んでいるつもりでいて、実際はゴミの中に暮らしているのが人間であり、本当の人間の赤裸々な姿は実はゴミ捨て場の中にこそあるという見方は、私が小説を書く時の基本姿勢である。ゴミは物に限らない。生活の中から、不都合な物として排除されている様々な記憶や観念や感情といったものすべてが、人々にとってゴミなのだ。しかしそれらはなくならない。どこかに追いやられてはいるが、必ずどこかに隠れて生き残っている。それをほじくり出し、小説の材料にするということを私はやっているのだと思う。人間の最も低級な部分に惹かれるのはそのためだろう。最低の材料を使って最良の問いを構成する。これこそ私にとって「美を救い出すopus」なのである。

拾ってきたゴミが家の中にダニなどの虫や黴菌《ばいきん》を運んでくるように、この営みには副作用が付き物である。最近も、不潔な沼に体を浸す愚かな人間を扱った小説を書いた途端、原因不明の皮膚病になってしまった。小説に書いたことは、実現してしまう場合が少なくない。かくのごとく、ゴミ拾いも小説を書くことも危険を冒さずには成し得ない冒険的要素をはらんでいるが、そこがまたゾクゾクして楽しいのである。

「文字」

文字とは、世界の上に刻まれたインクの染みである。

私は文字が好きで、高校や支援学校に勤めている時も、ノートチェックなどの際に、生徒の書く文字を眺めるのが無類の楽しみだった。文字でさえあれば、それが間違った漢字でも鏡文字でも創作文字でも一向に構わない。私自身、日記に、この世に存在しない文字を書いて平然としていることが少なくない。私はよく落書きをするが、絵だけでなく文字の落書きもたまにする。小筆を使って、でっち上げの文字を草書風に書き連ねるのだが、これが意外に楽しい。書き上げると、有り難い経文のように見えてくるから不思議である。

昔、書道を習っていた妻が難しい漢詩を書いていたので、意味が分かって書いているのかと訊いたことがある。すると妻は涼しい顔で「意味は分からなくていいと先生が言っていた」と答えた。その時私は、書道というのは意味など関係なく、純粋にフォルムの美を追い求める芸術なのだと分かってとても解放された気分になった。

確かに私が文字を好きなのは、そこに込められた意味ではなく、ただその形が好きなのだ。小さな文字が律儀に並んでいるのを眺めるだけで理由もなくウキウキしてしまう。絵文字でも楔形文字でもマヤ文字でも何でもよくて、意味などむしろ余分である。特に手書き文字の味わいはこたえられない。

私は小説家で、これまで何度も小説を手書きしようと試みたが、うまく行ったためしがない。なぜなら、原稿用紙に文字を書く行為そのものが楽しくて、結局小説の内容などどうでもよくなってしまうからである。万年筆で手書きすることさえできれば、電話帳の丸写しであってもよいのだ。私の日記帳には、喫茶店のメニューや窓の外の看板などが堂々と記されている。

こんな具合だから、文字を使って小説を書くという自分の仕事がたまに分からなくなってしまうことがある。私はいったい、小説という形式を用いて何を書いているのか。改めてそう考えてみると、どうも自分にとって気になることを書いているらしいと分かる。では気になることを書くとは、果たしてどういうことか。

私はずっと、小説を書くとはこの世界に、文字によって綴られた新たな世界を付け加える作業だと思っていた。しかしよく考えてみると、すでに世界は実に豊かで、私ごときが何か新しいものを付け加える余地などあるとも思えない。まだ誰にも書かれていない事柄など、この世界にはもはや存在しないに違いない。

そしてある時、私は気付いた。

小説を書くとは、ひょっとすると何か新しいものを付け加える作業ではなく、気になることをこの世界から一つ一つ消していく作業なのではないかと。文字に置き換えることで、気になる事柄を塗り潰しながら消していくこと。確かにその方が、文字に意味を求めない自分にはふさわしい気がして、私はこの発見に大いに嬉しくなった。

世界に何か新しいものを付け加えることはできなくても、文字によって世界を塗り潰して消してしまうことはできそうな気がする。

チリの作家ロベルト・ボラーニョの『2666』（野谷文昭他訳　白水社）という小説がある。とても分厚く、この世界のすべてが一挙に詰め込まれたかのような圧倒的な読後感でとにかく無類に面白い。しかし私は、ずっとその面白さの理由が分からなかった。やがて、ボラーニョは遺作となったこの作品で、世界を描き尽くすことによって世界を消滅させたのだということに思い至った時、ストンと胸に落ちるものがあった。謎の小説家をめぐる話や、新聞の三面記事のような殺人事件の描写を延々と続けながら、彼はこの世界に別れを告げていたのではないだろうか。文字によって世界を上書きすることは、すなわち世界を自分の言葉で焼き尽くして消し去ることであり、それが小説家にとって世界の食べ方であり生きることそのものなのではあるまいか。

すると小説を書く仕事とは、実に私が求める無意味な文字というものに最もふさわしい営みのような気がしてくるのである。

それならば手書きで小説を書くこともできそうに思い、私は早速原稿用紙を取り出して万年筆を手に取る。しかしいくら世界を見回しても、万年筆のペン先はなかなか動かない。仕方がないのでラジオのニュースでも筆記することにすると、万年筆はたちまち滑らかに滑り出すのである。

何を書くべきかと迷う必要はない。すべてを書けばよいのである。世界が消えてなくなるまで。

「色」

もう十年以上前の話である。スーパーで買い物をしていた時、一人の老婆が近付いてきた。七十代の半ばだったろう、痩せていて背筋が伸びていた。彼女は「私は使いませんから、よかったらこれをどうぞ」とスーパーのポイント券をくれた。私は礼を言って受け取り、立ち去る彼女の後ろ姿を見送った。

ものの一分ほどの出来事だったが、私は今でもはっきりと彼女の独特の色気を思い出すことができる。スッと引かれた口紅と細い指も印象的だったが、その色気はもっと人格全体から滲《にじ》み出ていた気がする。スーパーには彼女より若い女性達が沢山いたが、誰一人この老婆に敵《かな》う者はいなかった。今でも私は確信しているが、もしその時私が勇気を持って彼女を誘っていれば、彼女は全く見ず知らずのこの年下の男と密かに情を交わしてくれたに違いないと思う。

色気は年齢の問題ではないと私は気付き、その印象から「樟脳風味枯木汁」（『虚ろまんてぃっく』所収）という短編小説を書いた。小説家の男が老婆と関係するといういつものドロドロ小説だが、私なりの老人賛歌のつもりであった。

色気のある人というのは、心が開かれていて風通しが良いと思う。恋愛に対してだけでなく、どんな新しさに対しても閉じていないという印象がある。いくら若くて肌艶が良くても、頑迷で偏狭な精神の持ち主には不完全な色気しか備わっていない。そういう人は年齢に関係なく、どんな光が当たっても黒っぽく沈んで見えるものである。

これに対して色気のある人は、世界の色を偏見なく最良の状態で映すがゆえに鮮やかで豊かな彩りを持ち、全体としてはむしろ無色に近い透き通った存在なのかも知れない。食べたり、飲んだり、絵を見たり、散歩したり、会話したりといった平凡な営みが、その人と一緒にいるだけで全く別の豊饒《ほうじょう》さを持つとすれば、その人には間違いなく色気がある。

恐らく年齢は関係ないのだ。

街を歩いていると、たまにゾッとするほど色っぽい少女と視線を合わせることがある。目を合わせた瞬間、この子は恋愛の手始め（練習）として、こちらをオスと見て値踏みしているなと直感的に分かる。相手が子供であっても老人であっても、こちらとの性的な関係性をも含めて、先入見や思い込みから完全に解放された本能的な目で見てくれていると感じられると、私はとても嬉しい。人はいくつからでも、そしていくつになっても恋愛の自由を持つはずで、現実にはあり得なくとも、相手との恋愛の可能性を決して頭ごなしに否定しないのが色気の秘訣ではないかと思う。歳を取るとフィジカルな性の営みが次第に難しくなる分、メンタルな面での交歓の重要性が増す。どんなに歳を取っても、この先互いに恋愛感情を抱くかも知れないという可能性だけは維持したい。色気とは、そんな開かれた世界観そのものなのだ。実際、歳を取ったからという理由だけで、どうして自他の色気を殺してしまう必要があろうか。恋愛や色気に定年はない。

しかし恋愛には、喜びだけでなく必ず苦しみが伴う。久し振りに恋をした時に人がまず最初に思い出すのは、間違いなく嫉妬の感情ではなかろうか。嫉妬のない恋はない。むしろ自分の中の嫉妬の感情に気付いた瞬間、人は己の恋を自覚するのであろう。その苦しみを忌避して、恋愛から早々に身を引いてしまう人がいることも確かに理解できない話ではない。あんな苦しみは二度と御免だというのである。

ある老人ホームで一人の老婆をめぐり、焼き餅を焼いた二人の老人が「決闘」した。結局その事件後間もなく、この三人は揃って病死したという出来事が小林照幸の『熟年性革命報告』(文春新書)という本に記されている。この老婆は驚くべきことに、この二人の老人相手に一回三百円で体を売っていたのだ。小説家として、彼らの恍惚と苦悶は如何《いか》ばかりであったろうかと推し量らずにいられない。

若干行き過ぎの感もあるが、しかし私はこの話が好きでたまらない。人間はやはり死ぬまで色に狂うことができるほど度し難く煩悩まみれなのだと思うと、否応なく、残りの人生自分ももっと欲張ろうという気になるではないか。死んで成仏するのが人ならば、生きて肉体を所有しているうちは悟りなど糞食らえである。

色がテーマだと色気のことしか出てこないのも情けない話かも知れないが、色気は人間にとって最も魅惑的で普遍的な色に違いない。色といえども目に見えず、むしろ匂いに近いところも何とも言えず艶《なまめ》かしい。私は死の瞬間まで、あらゆる人間の色香を求めて豚のように鼻を鳴らしていたいと思う。

「肌」

初めて肌を合わせた相手は誰だろう。

それは母親ではなく、産婆さんの手だっただろうか。こちらは生まれたての裸ん坊だったはずだが、ひょっとすると産婆さんはゴム手袋をしていたかも知れない。とすれば直接肌を合わせたことにはならないから、やはり最初の相手は母親だったろうか。少なくとも父親ではなかった筈である。我々双子の兄弟が生まれた時、父親はそばにいなかったからだ。徹夜麻雀をしていたらしい。

私の肌に関する記憶で最も古いのは、恐らく一緒に風呂に入っていた時の母親の裸である。私と弟はよく湯船の中から、母親の太腿を眺めていた。母親は太っていて、正座したその太腿は身を寄せ合う二頭のスナメリのようだった。その色の白さや肌の張りが、今でも鮮明に記憶に残っている。私が女性の太腿に否応なく惹かれるのは、この記憶と決して無関係ではないはずだ。女性に対する男の性癖は、こんな幼い頃の記憶にその根を持っていることが少なくない。

人は誰かを愛すると、その相手と否応なく肌を合わせ、一つになりたいと願うものだ。

しかしどんなにきつく肌を合わせたとしても、互いの肌そのものが壁となって両者は決して一つに溶け合うことができない。だからこそ、いつまでも互いの肌を撫で回し、擦り合わせて倦《う》むことがないのだろう。肌を触れ合うだけで、確実に伝わる何かがある。それは何だろうか。温もりや肌触り以上のもの。こちらの肌を押し返してくる感覚が、相手の存在が幻ではなく、確かに物質としてこの世界に在るということを伝え返してくる。肌の下には熱い血が流れ、筋肉があり、硬い骨がある。その当たり前の事実を確かめたくて、何度も撫で回すのである。そこにはひょっとすると、いつかは失われるかも知れないその手触りを、今この時に味わい尽くしておきたいという無意識の願いが込められているのかも知れない。

人の肌は部分的に裂け目を持つ。そして特に若い頃、人はその湿った裂け目に対して肌よりもさらに強い執着を示す。その裂け目からあたかも相手そのものを吸い出そうとし、その裂け目を通って相手の中に入り込もうとするかのように。裂け目とは、口、性器、肛門、目である。しかしそうしたあらゆる努力は虚しい。たとえ裂け目があり、そしてどんなに延々と相手を求めようとも、人はそれぞれ独立した個体以上の存在になることは決してできないのである。

肌にダメージのある人がいる。アトピー性皮膚炎、火傷、怪我、痣《あざ》、皮膚病などで苦しんでいる人々がいる。肌とは、身体を覆う薄い表層に過ぎない。そんな肌の状態に全く拘泥《こうでい》しない人もいれば、ひどく気にして、自分の人生を消極的なものにしてしまう人もいる。しかしその人の持つ肌の質は、その人の人間としての価値とは全く関係がない。どんな肌であっても、求めて触れ合えば大切な想いは確実に相互に伝わるのである。

肌というものは我々をすっぽりと覆っているが、それは厳密には自分のものではなく、理由もなく天から与えられた薄っぺらな包装紙のようなものに過ぎない。相手の肌に対して相手の人格より価値を置く者は、やがてはその肌そのものに裏切られることになるだろう。自分の肌の美しさに驕《おご》りたかぶる者も、また同様である。肌は加齢と共に否応なく劣化するし、病気にも罹《かか》りやすい。

私は現在全身に出来た湿疹に悩まされているが、こんなものは自分の本質には全く関わりのない現象だと思うようにしている。ステロイド剤を塗っているが、闘っているのは私ではなく恐らく肌の抵抗力や表面の常在菌であろう。頑張って欲しいが、治るかどうかは分からない。もし私のこの湿疹が原因で離れていく者がいるとすれば、そんな人間はこちらから願い下げである。肌は決して、私やあなたそのものではない。それは身体全部にも言えることである。我々は身体を超えた存在であり、身体的条件を超えられない愛は愛の名に値しないはずである。

それでも我々には、愚かにもこの薄っぺらな表層にこだわり、騙し騙され続けることを延々と繰り返しているようなところがある。美しい肌は万人の憧れであり、化粧品会社はそこを巧妙に突いてくる。確かにどんな強がりを言っても、早く湿疹が治って欲しいと願う自分を私も否定できない。『ベン・ハー』という映画では、病に冒された人々が神の奇跡によって完治し、綺麗な肌が甦る。現実に叶わないのが奇跡である、それが分かっていてなお願わずにいられないのが奇跡であると感じさせる、ある意味残酷とも言えるラストシーンである。神を信じない私には、少なくともこんな奇跡は起こりそうもない。

決して平等に与えられておらず、美しくもあり、醜くもあり、ひどく傷つきやすく、脆《もろ》く、移ろいやすいこの肌というものは、最も人目に付く身体の表面に在ることで我々の心を絶えず試し、悩ませ続けている気がする。これが神の深慮であるなら、この一事を取ってみても被造物であることは大変な労苦である。そこにいらっしゃるなら、早く何とかして下さい造物主様。

「夢」

日常の中で、さして気にもしていなかった些細な事柄が、夢の中で大きな役割をもって迫ってくることがある。覚醒時と夢を見ている時とでは、それぞれ別の論理が支配しているらしい。入院していた父の足の爪が伸びていて、切ってやらねばと思った日の夜に、女性の足の小指をハサミで切断する夢を見た。そのハサミの切れ味はとても悪く、彼女の悲鳴を聞きながら何度も失敗を繰り返すというおぞましい夢だった。なぜこんな夢を見たのかと考えてみても、結局よく分からない。

明け方の半覚半睡の状態の時、自分の脳が目まぐるしく活動しているのをはっきりと自覚することがある。脳はこの時、一定の論理に従って何かを懸命に処理しているのである。その論理は決して荒唐無稽な気がしない。きちんとした規則や法則に基づいているのでなければ、こんなに高速度で雑多な要素を整理したり再配列したりできるわけがないと夢うつつの中でもぼんやりと感じ取ることができる。もっとも、そう思っていること自体が夢である可能性はある。とにかく確実なのは、夢を見ている時、脳は猛然と活動し続けているということである。

夢とは一種の修正作業なのだろうか。

脳は普段の生活の中でおびただしい情報に晒され、それら無数のデータを大急ぎで処理しなければならない。この情報処理は待ったなしであり、従って当然ミスが生じる。このミスを修正する過程は、我々が慣れ親しんだ論理ではなく、裏論理のようなものを要請するのだろう。夢のシュールさは、一旦処理されたはずの情報がバラバラに解体され、裏論理によって組み替えられる過程がはらむ見慣れなさのような気がする。

すると我々は、情報の正しい処理の仕方というものを潜在的に知っているのだろうか。どんな思い違いも強迫観念も被害妄想も劣等意識も、夢によって修正できるならばこんなに楽なことはない。寝てしまえばよいからだ。実際、快眠は不安定な精神に均衡をもたらす。きちんと眠れている人間に、まず大きな精神的問題はないと見てよいと思う。

フロイトは「夢は願望充足である」と言った。私は時々面白い夢を見ながら自分の笑い声で目が覚めることがあるが、確かにこういう時は現実生活において極端に笑いが少なく、哄笑を切望している。度々見る淫夢などもまさに我が願望そのものであり、大変分かりやすい。しかしこれではいささか単純過ぎる気がしないでもない。

我々の命を一個の玉とするなら、この玉に付着してしまった汚れを波打ち際で綺麗に洗ってもらうことが、我々が普段見ている夢の状態と言えるかも知れない。実際、夢を見ているレム睡眠時、人の眼球はあたかも洗浄される玉のように激しく動いている。しかし夢の範囲は、波打ち際だけで収まるものではなかろう。夢の実相は大海のように広大な領域を持ち、ユングが指摘するように我々の想像を超えて遥か遠くまで延び拡がっているに違いない。

三十数年前モルジブに新婚旅行に行き、妻とシュノーケリングをした時のことを思い出す。浅瀬では色とりどりの珊瑚礁や熱帯魚がとても美しく、我々は楽しみはしゃぎながら知らず知らずのうちに沖へと移動していたらしい。突然小さな鮫《さめ》が現れたかと思うと、その向こうはゴボリと深く暗い海が拡がっていて心の底からゾッとした。蛮勇を奮って深い海の領域に少しだけ泳ぎ出してみると地の底に吸い込まれそうな恐怖を覚え、こんな場所には一刻たりともいるべきではないと思い、慌てて妻と引き返した。

夢の世界もきっと、この海のような底知れなさを持っているだろうことは何となく皮膚感覚で分かる。夢に拘泥し、昼間の論理だけで深く切り込んでいこうとするとろくなことにならないのではあるまいか。特に女性の足の小指を切断するような恐ろしい夢は、極力そっとしておくに限るような気がする。

人を殺し、いつばれるかヒヤヒヤしながら家族と共に平然と暮らしていかねばならない悪夢。我々を虐殺することを目的に街に攻め入ってくるおびただしい数の軍隊が、間近な丘の上まで迫っているのを知って絶望に暮れる夢。墜落の恐怖に怯えながらの空中浮遊の夢など、私は恐ろしい夢を沢山見る。怖いけれども記録はしていて、時々小説に使ったりするけれども深入りは避けている。夢には夢の論理と領分があり、下手にこちらから手を突っ込んで搔き回したりすると怒らせてしまい、こちらの世界にはみ出してこないとも限らないという漠然とした不安からである。こちらの世界を呑み込もうとする恐ろしい夢の攻撃に対して、我々の側の論理が通用しないことは明らかである。そっとしている限り役に立ってくれるのだから、下手に分かろうとする必要などあるまい。

解釈不要。

断然、棲み分けておくのが賢明である。

「穴」

私は穴に惹かれる。

小さな穴だと指を入れたくなるし、洞窟のような大きな穴だと体ごと入ってみたくなる。とにかくどんな穴であっても、こっそり覗いてみずにはおれない。

私にとっての魅力的な人物とは、このような一種の穴みたいな存在ではないかと思う。だから近付いていってその穴を覗いたり、入ってみたりしたくなる。ところが少し親しくなって、その穴が借り物の主義主張やイデオロギーや知識でパンパンに詰まっていることが分かった時は、本当にガッカリする。光の加減で洞窟に見えていたものが、近付いてみると単なる岩の凹《くぼ》みでしかなかったような、何とも底の浅い結末。

人は誰でも自分の中に空虚を抱えている。確かサルトルの言葉だったと思うが、人生はことごとく穴塞ぎであるらしい。だから我々は常に自分の中の空虚を埋めようと躍起になる。勉強、仕事、子育て、趣味、創作、旅行、カラオケ、セックス、飲酒、喫煙、ギャンブル、薬物などなど。この空虚を埋めるためなら、我々は何でもするのではないか。一日という空虚、一週間という空虚、一ヶ月、一年、十年、一生分の空虚を埋めるために生きているようなところが、我々にはある。元日には誰もが、今年一年が充実した一年になることを願う。空虚を何かで埋めて充実させることが、国民全ての強迫観念になっているのではないかという気さえする。

しかし空虚を充実させたいという強迫観念は、実はそれほど意味のあるものではないのではなかろうか。

充実した人生を送っていると自負する人と話すと、一回目は確かに面白い。しかし二回目以降になると次第に退屈してくる。一億円の借金を競馬で返して今は福祉関連会社の社長をしているとか、十年服役した後、今はすっかり更生して俳句を詠んでいるとか、どんな興味深い人生であっても繰り返し聞かされると、もういいですという気になる。しかしそういう「生き生き人生」を吹聴する人が、結構たくさんいる。

知識人とかインテリと呼ばれる人の話は、機知に富んでいておシャレで、話の内容も多岐にわたって、押し並《な》べて面白いし勉強になることも多い。しかしふと、相手の話をほとんど聞いていない自分に気付いて焦ることがある。面白いはずなのに、退屈していたらしい。面白いけど、今はいいやとか、面白いけど、あとで自分で本で読むから、という感じで、無意識に頭のスイッチを切っているようだ。彼らは、いつ会っても面白い知識を蔵一杯に仕入れて、それらを惜しみなく披露してくれる。しかし私が知りたいのは、彼らの仕入れてきたそんな知識ではないような気がする。三割は聞きたい気もあるが、七割はうるさがっている。もっと静かにして欲しいという気持がある。

私にとって興味深い人は、自分の空虚を何かでパンパンに充実させた人ではなく、いつまでも埋められない穴を抱え続けている人のようだ。そういう人には決まって影がある。洞窟は周囲が明るければ明るいほど暗い。その暗さが私を惹き付けるのである。洞窟の中には何もない。そこに宝の箱が隠されていたりすると、たちまち安っぽくなってしまう。何もない空洞だからこそ、その中に入り込んで雨風を避けることができ、場合によっては岩肌から染み出した清水で喉を潤すことができ、岩に反響する聞いたこともない自分の声を聞くことができるのではあるまいか。

空虚を抱えたままでいることは、辛い。もうこんな歳になってしまったのに自分には何もない。抱いていた夢に裏切られ、再び立ち上がろうとしても立ち上がれない。笊《ざる》で水を汲むように一向に空しさが埋められない。自分は誰からも必要とされていない。そんな空虚を抱えながら生きている人は、きっと洞窟に似ている。他人に気付かれないように、せめて入り口だけでも狭く閉ざしている人もいる。小さな入り口ほど、中の空間が広いという場合もある。

そもそも人生の充実とは何なのだろうか？

自分の中に空虚があるからこそ、人はその中に入ってこようとするのではあるまいか。

自分一人の力では埋められなくても、空虚な穴の魅力に惹かれて中に入ってみたいと思う他人がきっといるはずである。問題なのは空虚を抱えていること自体ではなく、焦りのあまりその空虚を、偽物や借り物で埋め尽くしてしまうことではないだろうか。

「自然」

前にも書いたが、私は廃墟や廃屋が大好きで、通りかかると足を踏み入れずにはおれない。廃屋にも色々あるが、結構ラブホテルが少なくない。ラブホテルなる建物は、日本が発明した世界に類を見ない夢空間だと思う。回転ベッド、ウォーターベッド、プラネタリウム、鏡張りの天井、ＳＭプレイ用の木馬、七色風呂、ギリシア建築風の柱、アラベスクタイルの壁など、バブル期を絶頂とした何でもありのデザインを今でも懐かしく思い出す。遊園地もそうだが、かつて華やかだった場所ほど廃墟と化すともの悲しい。廃墟ホテルを探索しているうちにいつの間にか夕方になり、陽が傾いてくると何となく背筋が寒くなり、床の水溜まり、底の抜けた風呂釜、壁のヒビの隙間などからおびただしい数の男女の情念が滲《し》み出してくるようでゾッとする。しかしこれらの情念も、私のようにここに訪ねてくる者がいなければ誰がその存在を証《あかし》するのだろうか、などと考える。

人間の作り出した物はことごとく、このホテルのように最終的には朽ち果ててしまう運命にあるのだろう。人間は自然に抗して連綿と自分たちの世界を作り上げてきたが、一体いつまでもつのか。

『人類が消えた世界』という本がある。人類が消滅した後の世界の有様を描いた本であるが、それによると百年後には人間の作った建物はあらかた崩れ去り、数万年後にはプラスチック片や放射性物質を除く人類の生産物は跡形もなくなるという。世界は植物に呑み込まれ、人間ではない哺乳類、鳥類、昆虫が繁栄を謳歌する。まるで人類など一度も存在しなかったかのように、自然は平然と存続し続けるのである。実に、ただそれだけのことであるらしい。

「自然に優しい」商品開発とか「エコ思想」といったものの見方も、考えてみると少しおかしいようだ。

森一郎は『死を超えるもの　3・11以後の哲学の可能性』（東京大学出版会）の中で、人間が自然から身を守るために作り上げた「環境世界」、すなわち「人間の身の回りの世界」というものがなければ人間は自然に太刀打ちできない、と述べた上で次のように言う。

それゆえ、「自然環境を守ろう」ではなく、「環境世界を守ろう」と言うべきなのだ。自然に翻弄されるほかない生き物が、「自然を守る」などと口走るのは、おこがましい。「自然から世界を守る」と言うほうが、正しい人間的用法なのである。

危機に瀕しているのは、自然ではなく世界である。ここから、「自然破壊」

という言い方も身の程を弁《わきま》えない言葉の誤用であり、正しくは「世界破壊」と言うべきだということも理解されよう。

廃屋巡りをしていて最もおぞましい出来事の一つは、壊れた窓や床から侵入した植物が、部屋の壁を伝って天井にまで這い上がっているのを見ることではあるまいか。その瞬間私は、「ああ、もうダメだ」と即座に諦めてしまう。人間の作った建物は、絶えずメンテナンスしなければ瞬く間に廃屋となり、あっという間に植物に呑み込まれる。植物たちは、虎視眈々とこちらが息切れするのを待っているのである。今この瞬間も、彼らは音もなく我々の領域を侵食しつつある。元々ここは彼らの場所であり、従ってこれは当然の反動現象に違いない。我々は一刻も休まずに走り続けるしかないのだ。

人間の存在も自然の一部だと言うが、本当にそうなのか。我々が自然の一部なら、なぜこんなにも延々と自然を相手に闘い続けなければならないのだろうか。台風、地震、津波、洪水、豪雪、豪雨、噴火、ウイルス、疫病などの災厄のみならず、夜の闇、紫外線、移動を阻む山や川、森林、海峡、海、空、宇宙空間、獣、虫、そして人間そのものに至るまで、我々の敵でない自然は何一つ存在しないと思えるほどだ。もちろん他の生き物も厳しい自然と闘っている。しかし彼らの闘いと我々の闘いとは、根本的に違う。我々の闘いは、自衛のための闘いという枠を遥かに超えた侵略戦争ではないのか。恐らく人間は自然恐怖症という神経症にかかっているのである。この闘いは、我々が自然を完全にコントロール下に収めるまで続くだろう。なぜなら人間はどこまでも自然を敵視し、知的好奇心を抑えられず、そして敗北に耐えられない生き物だからだ。

多くの生き物は、ただ本能に従って生きている。植物などは、移動する必要すらない。人間の本能だけが壊れてしまい、そのため人間は、自分たちの在り方を未来に向けて絶えず更新していかなければならないという重荷を負った。実に大変な手間と労力を要する生き方である。我々人類の運命は、ごく一部の天才的頭脳による科学革命に大きく左右される。原子力発電は安全なはずだった。人工知能はどうだろうか。失敗も成功も含めて、この生物の行く末を私はずっと見ていたい。面白過ぎるから。

「本」

私は、W・B・イェイツという詩人の著した『ヴィジョン』（鈴木弘訳　北星堂書店）という本を持っている。持っているだけで、ほとんど読んでいない。何度か読もうと試みたが、この詩人の思想は私には難解過ぎてさっぱり理解できない。それでも私はこの本が好きでたまらない。自分にとって重要な本であるかどうかも分からないが、組版のバランスや活字の大きさ、紙の厚さ、装丁、装画、分厚さ、重さなど、この本を構成する全ての要素が実に私好みなのである。内容など、はっきり言ってどうでもいいのだ。

こういう本は、ただ持っているだけで嬉しい。時々取り出しては、表紙を撫で回したりパラパラと頁を捲《めく》るだけで、幸せである。この手の本が私の書架には結構ある。絶対に読まないと分かっていてもつい買ってしまう本。書架から取り出して愛でるのは、決まってこういう本である。

私にとって、本とはどこまで行ってもモノである。

即ち本とは、「文字や絵画などの何らかの内容物が紙に印刷または書き写され、それらを綴じ合わせて表紙を付けた紙の束」である。それ以外のものではない。

私は子供の頃から何となく本というモノが好きで、自分の著書を持つことに憧れていた。絵を描くのが好きだった小学生時代には、落書きの紙を束ねて本に見立てて悦に入っていた。

中学二年の時、オカルトブームの洗礼を受けた。浅野八郎の『オカルト秘法』(講談社 BIG BACKS)、中岡俊哉『密教念力入門』(祥伝社 NON BOOK)、吉堂真澄『念力と奇蹟 神通力修行法』(新人物往来社)といった本を小遣い銭をはたいて買い、将来は自分も『○○式超能力開発法』のような本を出したいと心から思っていた。『密教念力入門』の中で中岡氏は、「密教」のアウトラインを百科事典の『ジャポニカ』から丸々引用していて、こんなことをしてもいいのなら自分でも書けそうじゃないかと大変勇気付けられたのを覚えている。これらの本を読んで少しは修行の真似事もしてみたが、超能力などかけらも身に付かなかった。しかし今でも私はこれらを大切に手元に置き、たまに撫で回しているのである。今思うと一種のトンデモ本ばかりだが、その独特のダメダメ感がしぼんだ心を程よく和ませてくれて大変重宝している。

高校時代以降は少し大人になり、哲学と文学に興味を持った。哲学書は歯が立たないものが少なくなかったが、書物としては硬質で魅力的なものが多かった。大学時代に買ったカントの『純粋理性批判』やハイデッガーの『存在と時間』は、断続的に字面を追いながら今でも読み続けている。特に『存在と時間』は同じく意味不明であっても、イェイツの『ヴィジョン』と違って語り口に人を酔わせるものがあり、文体にかなり影響を受けたと思う。

手に取る機会が多ければ多いほど、本は自分の手に馴染んでくる。本の紙と自分の手指とが共鳴し合い、擦り合わさっていくような感覚。電子書籍では起こり得ない現象である。本とは、全ての頁、全ての活字の字面が人の手で直接撫で回せるものでなければならないと私は思っている。物質であることが肝要なのだ。我々人間もまた物質である。物質性を離れた人間が存在しないように、物質性を離れた本は存在しない。

物質が「存在する」ということは、一種の奇跡ではなかろうか。宇宙は無に満ちているのに、我々は存在している。本もまた存在している。そして本という物質を後世に繋いでいくことで、我々の知も初めて繋がっていく。意味の分からない本であっても、バトンのように後の者へと手渡していくところに意味があるに違いない。

私の蔵書は確実に私より長生きする。私は死ぬまで自分の蔵書を手放さないと決めているからだ。しかし私の死後、私の蔵書は捨てられるかも知れない。あるいは、古本屋に売られて生き延びる可能性もあるだろう。現に私は、もう死んでしまった人が過去に所有していた本を、古本として自分の書架に所有している。本がモノであればこそ、こういうことが可能なのである。

従って私は、電子書籍も「断捨離」も大嫌いである。

電子情報のデータは、サイバーテロや大規模なシステムダウンなどによって一挙に消滅してしまう危険性がある。しかし紙の本は決して一挙にはなくならない。世界中の書物を焼き尽くそうと思えば、気の遠くなるような膨大な炎と時間とを要するだろう。

そして、「存在する」という驚くべき現象に一滴の敬意も払わない「断捨離」という奇怪な流儀は、一種の暴力思想ではないかと思う。読んでしまった本や読まない本、電子書籍化されている本を全て捨てろと言うなら、ほとんどの本は捨てなければならない。しかし本というモノは、恐らく自分のモノであって自分のモノではないのである。私はイェイツの『ヴィジョン』を恐らく一生読まないが、私はこれを大切に保管して後世に残したいと願っている。この本は私が読まなくても、きっと別の誰かが読む。そういう一種の一時預かりのような、個人を離れた所有の仕方があってもよいのではなかろうか。

本はすぐに破れてしまう。太陽光線や熱や湿気にも弱い。大切に扱われることが前提になっているのである。本という存在は、人間に大切にされることを当てにしている。その要求に応えて一定の書架を用意し、大切に保管することで、後世へと本を繫ぐ鎖の環の一つになること。そういうことが私には何となく、未来の人間と暗黙の契約を交わしたようで、大変愉快で面白いことに思われるのである。

「お金」

それがなければ困り果て、誰もが手に入れたいと思い、あればあるほどよいと思うのに、しかしずっと触れていると不潔に感じて思わず手を洗いたくなる物なーんだ?

それはお金である。

若い頃、戸川純の「『耐える』遊び」というエッセイを読んだ覚えがある。色々なことを意味なく「ガマン」して、「ガマン」している自分にウットリする、という内容だったと思うが、自分の生き方を模索していた私はさっそくこれを採り入れて、「貧乏ごっこ」というのを始めた。自分は貧乏で、その日の飯にも困る生活をしているのだと想定し、そんな暮らしに「耐える」わけである。ちびた鉛筆や小さくなった消しゴムを使い、広告の裏に字を書き、小銭を数える。なるほど確かに、そこには小さな喜びのようなものがあった。しかしこんな生き方では絶対に出世しないな、とも思った。成功した社長が書いた『どケチ人生』という本もはやっていたと記憶する。今思えば、そんな生き方がもてはやされるほど豊かな時代だったのだろう。

ワーキングプアや老後破産が珍しくない現代には、「貧乏ごっこ」などという発想自体があり得ないのかもしれない。多くの人が否応なしに、リアルな貧乏暮らしを余儀なくされている。生活保護を打ち切られたための餓死、リストラによる自殺、過労死といったニュースは珍しくもない。

私は公務員を辞めて、四年前に専業作家になった。今のところ大きな病気はなく、原稿を書いたり講演したりして夫婦二人とウサギ一羽、何とかその日暮らしをしているけれども、こんな水商売がいつまでも続くとはとても思えない。大病をして倒れたら、その日からもう収入はない。微々たる年金の支給まではまだ九年も待たねばならない。そう言えば、『ホームレス作家』という本もあった。作家など書き下ろしの長編が一本没になっただけでたちまち家計が破綻し、ホームレスになってしまうのかと、当時公務員だった私は思ったものだがもはや他人事ではない。

五十六歳になり、残りの人生があと何年残っているのか知らないが、とにかく死ぬまでお金を稼ぎ続けなければならないことは確かで、私の場合は文章を売ってお金を得るしかない（漫画本も出しているが）。出した本が毎年のように増刷され、そのたびに印税が入ってくるような作家ではないから文字通り自転車操業である。最近妻が私の健康をとても気遣ってくれているのが分かる。この人が倒れたらおしまいだわ、と気付いたのだろう。

必要以上のお金は要らないのだが、必要最低限のお金は要る。ならばいっそ売れる本を書けばいいではないかと、こんな私でも思わない日はない。百回泣けるような。しかしいざ小説を書き出すと、筆がそういう方向から否応なく逸れていくのをいかんともし難く、気が付くと誰も読みたくないようなグロテスクな代物ができあがってしまうのである。

デビューしたての頃、短編小説に下品なタイトルを付けたら、「こんなタイトル誰も喜ばないでしょう！」と担当編集者に一喝されたことがある。今もその頃と何も変わっていない気がする。最近、自分には一種類の小説しか書けないということが段々分かってきた。スーパーで、安い缶入りのクッキーの詰め合わせを買ったら、円《まる》いのや捻《ね》じれたのなど色々入っていたが、食べると全て同じ味だったのでびっくりしたことがある。私の小説もこのクッキーと同じかも知れない。どれを読んでも同じ味。しかも不味いときている。わざわざ不味くしているのである。不味い物しか書けないし、不味い物しか書きたくないからだ。色気を出して美味しい物を書こうと試みたこともあるが、すべて失敗に終わった。老人をターゲットにしたベストセラー本を書こうとして、一年間を棒に振ったこともある。

しかし世界は広く、たまに不味い物しか食べられない人がいる。また、普段は美味しい物を好む人が、何かのきっかけで美味しい物を受け付けなくなる時もある。そういうわずかな需要を当てにして、私は書いているのかもしれない。

私は幸せな登場人物やハッピーな物語にまったく興味がない。私の小説の読者は、従ってかなりの確率で不幸な人たちなのだと思う。絶望的なヘンタイ小説に熱狂する読者が何百万人もいてくれたら私の生活はぐっと潤うが、それはそれでかなり危険な社会になっている可能性がある。もちろん私は、社会がいずれそうなることを強く確信しているからこそ、幸せな小説など嘘臭くて書けるものかと思っているのだが。

あまり歳を取ると贅沢を楽しめなくなるから、そろそろ金持ちになりたい。

「旅」

日常性が煮詰まってくると、決まって旅に出たくなるのは人の常である。私は大学四年の時、教員採用試験の勉強を一週間しただけで精神的に参ってしまい（あまりに勉強から遠ざかっていたための一種のアレルギー反応と思われる）、京都からオートバイで北海道まで行き、小樽から舞鶴までフェリーで帰ってきたことがある。私の場合こういう「衝動旅行」が少なくない。今も小説に行き詰まると、発作的に家を出たくなる。旅と言っても、必ずしも遠くに行く必要はない。知っている人間がいない場所であれば、まずはどこでもよいのだ。

結婚する前に、妻に二つのことを宣言した。一つは「煙草をやめない」こと、もう一つは「不意に旅に出る」ことであった。何か気に入らぬことがあったり一人になりたくなったりすると、どこかで買った土産物の「しばらくの間、雲隠れいたします」と書かれた札を置いてこっそり家を出たものだ。プチ家出である。しかし行き先は、電車で二十分ほどの大阪府西成区のドヤ街などの近場がほとんどで、一泊五百円の宿に投宿し、一泊か二泊して何事もなかったように帰ってくる。妻はやきもきしたようだが、私はそれで一定満足していた。

私の旅は、行った先々でただ「生活」することに尽きる。若い頃は海外旅行などもよくしたが、基本的に観光名所などに関心はなく、現地のスーパーで買った歯磨き粉で歯を磨き、場末の食堂でご飯を食べ、ゴミを拾い、スラム街を歩き回るだけで充分に楽しめる。こんなことは普段の生活でやっていることばかりだが、「非日常的な場所で日常的な営みをする」というのが私の旅のツボなのだ。うまくすると、旅から戻って普段の生活に復帰した後も、いつもと違う感覚を持ち越すことができる。日常生活が異化されると言うのか、歯磨き一つ取っても、それがまだ旅先での歯磨きのような気がして、当たり前の暮らしが少しだけ色気を帯びる。そうなると煮詰まっていた時間が流れ出し、私は旅の目的を達したことになる。

実際に旅をしなければ出会えない素晴らしい自然や文化というものは、もちろんある。ヘリコプターから見たグランドキャニオンの絶景、メキシコのアカプルコで体験したパラセイリング、モルジブの美しい海などは確かに忘れられない。しかしそういう非日常的な体験は文字通りの非日常であって、日常性からの逃避を促しこそすれ、自分の日々の暮らしには大して役に立たない。

「真理は裏庭にある」という。日々の暮らしが意味のない繰り返しに思えて息苦しくなってくると、人はどうしても遠いところに行きたくなる。しかし私の場合、遠くに行って知るのはいつも、遠くに行く必要など少しもなかったということである。私は旅にたいしたことは求めていない。ただ、自分の平凡な日常を少し見直すことができればそれで充分なのだ。どこか遠くの土地で見た一輪の花は裏庭にも咲いていて、特別だと思った遠い町の町並みよりもずっと古い町並みが近所にはあり、美しいと思った星空と変わらぬ夜空が頭上に輝いているということ。それが分かれば旅の甲斐はあり、もっと言えば、旅などしなくてもよかったのだと悟ることができる。

最近私は、自分の部屋を西成のドヤであると仮想して生活している。すると家出はめっきり減った。歯磨きはどこでもできる。遠くの国から見れば、自分の家も相対的に遠くの国に位置するのだと改めて思ったりする。

恐らく旅の達人とは、一歩も家から出ることなしに、地の果てにいるかのごとく超然と歯を磨くことができる人間なのであろう。地の果てはまだまだ無理だが、歯磨きをする私の意識も、家にいながらにして西成辺りまでは飛んでいるのかもしれない。要するに自分を西成のおっちゃんだと見て笑い飛ばすことさえできれば、精神は解放されて煮詰まることもない道理である。

物理的な移動を伴わずとも、自分という意識の枠からわずかでも外に出ることができれば、それはきっと旅なのだ。

「虚無」

私には、意味を嫌う傾向がある。

例えばここに一枚の絵があって、桜の木が一本描かれているとしよう。桜の花は満開になっている。そしてこの絵に「希望」というタイトルが付されているとすると、私はたまらなく不自由なものを感じて、たちまちこの絵に興味を失ってしまう。桜は桜であって、そこに「希望」などという意味付けは一切要らないと、どうしても思ってしまうのだ。さらには、桜である必要すらない。白い花を沢山付けた一本の木というだけで充分であるし、もっと言えば花や木であることすら必要ない。何か白や灰色で構成された意味不明の物体であってくれた方が、私にとってはずっと気楽で、風通しがよい。

つまり私は、ひねくれているのである。

人は自分の人生に意味や希望がなければ生きられないというが、本当だろうか。

確かにフランクルはこう書いている。

……何の生活目標をもはや眼前に見ず、何の生活内容ももたず、その生活において何の目的も認めない人は哀れである。彼の存在の意味は彼から消えてしまうのである。そして同時に頑張り通す何らの意義もなくなってしまうのである。このようにして全く拠り所を失った人々はやがて仆《たお》れて行くのである。あらゆる励ましの言葉に反対し、あらゆる慰めを拒絶する彼等の典型的な口のきき方は、普通次のようであった。「私はもはや人生から期待すべき何ものも持っていないのだ。」

（V・E・フランクル『夜と霧　ドイツ強制収容所の体験記録』霜山徳爾訳　みすず書房）

意味、価値、目標、希望、家族、友人、仕事、生きがい、愛、平和といったものは、誰の人生にとっても生きていくうえでかけがえのないものであり、一見反論の余地がない。しかし我々は強制収容所にいるのではない。希望などなくても、それが即、死に結び付くということはない。幸福か不幸かは別にして、意味や希望などないままに生きていくことが、決して不可能ではない社会に我々は生きている。そしてこの社会は、アウシュヴィッツから生還した人々が、長く夢見た希望とは全く違う、一種の無感動な解放に直面したのと同じ無意味さに彩られているのかもしれない。全てを手に入れてさえ一切は虚しいとソロモン王は言った。

人生から期待すべき何ものも持っていない人は、果たして間違っているのだろうか。意味のない人生を生きる在り方も、どんな強制力をもってしても誰にも奪えないその人固有の「態度」として、当然尊重されるべきであると私は思う。この世に対する希望は、言葉を換えれば生への執着である。そういうものを一種の束縛であり、また苦役であると感じて、期待や意味や希望からすっかり自由になりたいという思いを抱いたとしても、それは文字通りその人の自由である。

私は時々あの世のことを考える。そしてできれば、あの世がこの世と地続きのような場所であって欲しくないと願っている。もし死後もなお、この世的な価値観が支配する世界が続いているとすれば、そのことを知った途端私は叫び出してしまうような気がする。

私があの世に望むのは、虚無である。

純粋に何もない世界。全てが消えて何もない。もちろん意味も価値も全てが存在しない。それは果たして絶望的な世界だろうか。いや、虚無の世界には絶望すら存在しないはずである。そしてもともと、この世もまた虚無だったのではなかろうか。

人間が、この世に意味を創ったのである。言葉によって。板子一枚下は虚無であり、そこに営々と意味の巨大構築物を作り上げてきたのが人類史なのだと思う。一本の桜の木には、本来何の意味もない。もちろん、人間存在にも意味はない。意味がないからこそ、無限の言葉を積み上げて絶えず意味を補強することで、虚無の中に逆戻りしてしまうことを懸命に回避しようとしてきたのが我々の営みなのではなかろうか。「神は人を正しい者に造られたけれども、人は多くの計略を考え出した」(「伝道の書」第七章)。意味に対する人間のこの熱狂は強迫観念的である。そして意味は増殖し、死後の世界にまで及んでいる。しかしこれらの過剰な意味は、本当のことなのだろうか。むしろ、意味がなければ生きられないという人間の在り方そのものが、生物として極めて特殊で、何か一つの病気のようなものなのかもしれないと思う時がある。

こんな文章を書いていること自体、私が意味の囚われ人であるということを証明しているに違いない。死に際に、あちら側が完全な虚無であると分かった瞬間、私はやはり叫び出してしまうのではなかろうかと思う。

「実相」

私は今、喫茶店でこれを書いている。テーブルの上には、アイスコーヒーの入ったガラスコップが置かれている。どこにでもあるコップであり、私はこれを液体を容れる容器として何の疑いもなく眺め、時々持ち上げてはアイスコーヒーを飲む。この一連の動きを微分して観察するならば、コップは様々な角度で私の目に見えているはずである。厳密に言えば、このコップはどの瞬間も、まったく同じ相貌を取ることはない。もし店が停電すれば当然色合いも変わるだろうし、私の目が疲れてくると輪郭もぼやけて見えるだろう。しかしこのコップは、私にとってずっと同じコップであり続けている。それはなぜだろうか。

入力される視覚情報が刻々と異なるにもかかわらず、コップが同一性を失わないのは、私がこのコップをちゃんと見ていないからである。私は、コップとはこうあるべきだという一種のイメージを見ているに過ぎないのだ。もしいちいちのコップの相貌の変化に注意を奪われてしまうなら、コップを持ち上げてアイスコーヒーを飲むという単純な動作にすら、大変な労力を費やさなければならないだろう。角度が少し変わっただけで、まったく別の情報として新たなコップが立ち現れるとすれば、私は恐らくアイスコーヒーを飲んでいる場合ではない。コップが繰り広げる情報の洪水に目を奪われ、放心したようにずっとコップに魅入られてしまうに違いない。

実際にそういう場面を私は経験したことがある。尿管結石で病院に駆け込んだ時、余りに痛がる私に、医師は年に五本しか出さないという人造モルヒネを処方してくれた。ベッドに寝かされた私は、すごい鎮痛効果に驚きながらぼんやりと窓の外を眺めていた。窓の外は隣の建物で、外壁塗装のための足場が組まれていたが、突如その足場の鉄管が踊り出したのである。私は目を見張った。鉄管の踊りはぐにゃぐにゃと終わることなく続き、私は一種の陶酔の中でにやにやしながらそのダンスを眺め、まったく飽きるということがなかった。

この時私は、足場の鉄管という物の持つ膨大な情報量に驚いた。少し目をずらすだけで鉄管はまったく違う相貌を現し、次から次へと無尽蔵な表情を見せる。これが鉄管の本当の姿なのだと私は思った。

これは楽しい時間ではあったが、しかしもし人間が常にこのような認知を持つしかないとすれば、我々はとうてい生きてはいけないに違いない。思うに脳という器官は、これら無限の情報から自分たちの生存に必要な情報だけを漉《こ》し取る濾過器として進化したのであろう。人間の脳に達する視覚情報は三パーセントに過ぎず、残りの九十七パーセントは脳が作り上げたイメージに過ぎないという研究もある。すなわち我々は、自分たちの都合のよい世界を脳の中に作り上げ、その中に住んでいるのである。

映画『マトリックス』ではないが、我々が時々ふと、この世界は本当の世界なのだろうかとか、この世界はひょっとすると虚像ではないのかといった疑問に捕らわれるのはこのためかも知れない。

世界の実相は別にあるのだ。

しかしその実相は、果たして知り得るのだろうか。鉄管の踊りは果たして本当に鉄管の実相だったのだろうか。そんなものは単なる幻覚ではなかったのか。「物自体」は人間には知り得ない、とカントは言った。私ごときにどうして世界の実相が知り得よう。

しかし詩人や宗教家や神秘家が、世界の実相に肉薄しようとする足跡には実に興味深いものがある。精神病患者の認知の変容も、豊かなヒントに溢れていると思う。私はその最後尾からついて行くだけだ。できることと言えば、この捏造世界の表面をペン先でちょっと擦《こす》って、薄皮を少しばかり剝《は》いでみることだろうか。いつかペン先が真皮にまで達すれば、私は痛みと恍惚に飛び上がるに違いない。

「失敗」

失敗のない人生などない。

私は現在五十六歳だが、言うまでもなく沢山の失敗を犯してきた。

その中で忘れられない失敗の一つは、小学生の時点にまで遡る。

私は小学校三年の時、ある子供サークルの演劇発表会に出た。そこで私は、一人の女の子を好きになった。音楽劇だったと思う。私はタンバリンを叩く役だった。そして自分の出番が終わると、タンバリンを、次の出番のその女の子に手渡すことになっていた。「タンバリン渡すの、絶対忘れんとってな」とその子は私に言った。私は言わば彼女の運命を握ったのだ。絶対に忘れるはずがなかった。しかし本番で極度に緊張していた私は、出番が終わって舞台袖に引き上げた時、自分の手の中にタンバリンが残っていることに気付いて凍り付いたのである。恐る恐る舞台上を覗くと、四人の女の子が並んでタンバリンを叩いていたが、その女の子だけは手に何も持たず、引きつった笑みを浮かべながらひたすら叩く真似だけをしていた。私は愕然として身動きできなくなった。本番中にもかかわらず舞台に飛んで行って、彼女にタンバリンを手渡すこともできたはずだった。たかが子供の演劇発表会である、それもまたご愛嬌ではないかと、今ならそう思うことができる。しかしその時の私は、自分が取り返しの付かない失敗をしたことに打ちひしがれて完全に固まってしまったのである。

そして失敗はこれに留まらなかった。

彼女が出番を終えて舞台袖に戻ってきた。彼女は泣いていて、他の三人の女の子が懸命に慰めていた。その時私は、彼女にどう謝ったらいいのか見当も付かず、まるでそうすることで全てがなかったことにできるというように、彼女に対して一言の声もかけなかったのだ。私は知らぬ存ぜぬを決め込んでしまったのである。そして我々はそれ以来、二度と会うことはなかった。

もう半世紀ほど前の話であるが、私はこの失敗を忘れることができない。

この失敗には、自分の卑劣さが色濃く滲み出ている。私は小学二年にして、自分が、自分のせいで不幸な目に遭った人間に謝罪もせず、あたかもそんな失敗がなかったかのように黙殺できる人間であることを知ってしまった。この苦い記憶を思い出すたびに、私は消え入りたくなる。

私は大学受験に一度、就職試験に二度失敗し、就職して教員になってからも、沢山の失敗を重ねてきた。しかしそんな失敗はほとんど思い出すこともない。自分の努力が、競争試験の合格基準や、仕事の成功に必要なレベルに達していなかったということであり、その失敗は言ってみれば相対的なものだ。しかし、好きだった女の子を見殺しにした失敗は、私という人間の本質に関わるものであり、言わば絶対的な失敗だった。彼女はひとしきり泣くとさっぱりした顔で友達に笑いかけ、一度も私の方を見なかった。彼女は後に、あの馬鹿な男の子を罵倒してやるべきだったと後悔したかもしれない。そうしてくれた方が、どんなにすっきりしたことだろうか。おかげで私は、未だに彼女に対する申し訳なさに苛《さいな》まれている。恐らく一生忘れることはないだろう。

相対的な失敗は幾らでも取り返しがつく。しかし絶対的な失敗は取り返しがつかない。せめて二度と同じ失敗を繰り返したくないが、その後の自分の人生を振り返ると、タンバリン事件など吹き飛んでしまうほどの恥ずべき大失敗を幾つもやってきた。それも、タンバリン事件に輪をかけて酷い、思い出すのも辛い卑劣で卑怯な失敗をである。

私はその一生のうちに、どれだけ絶対的な失敗を繰り返せば目が覚めるのだろうか。そして私は思う。人はそれぞれ、自分の絶対的な失敗の容量というものを持っているのではないだろうか。その容量を超えた時、その人間は恐らく二度と立ち上がれなくなる。自分で自分のことを、どうしても許せなくなってしまうのだ。そうなった時、人間は精神的に死ぬのだろう。その容量は人それぞれだ。私の場合は、もうそろそろ限界に近付いているような気がする。そもそもコップが小さいのだ。今は何とか踏みとどまって今日を生きているが、しかしあと数滴で私のコップは溢れてしまうのではないだろうか。確かにこの歳になって、少しは慎重になってきた。しかし恐ろしいのは私の中にまだ悪魔がいて、もっと失敗してみてはどうかと誘惑してくることだ。しかもその悪魔の囁《ささや》きは言葉巧みに、こんなことを言ってくるのである。

「なあにまだまだ大丈夫だ。失敗しても君の場合は、それを文学的滋養として取り込んで、小説に昇華すればよいではないか。善良で道徳的な人間が書いた小説なんてどこが面白いものか。悪い奴が書くから面白いんだよ。もっと悪いことをやれ」

この囁きに心が揺らいでいる私を、あの女の子が半世紀前の舞台袖からじっと見ているような気がしてならない。

「青い鳥」

散歩していると、頭上から鳥の鳴き声がした。見上げると、電線に青い鳥が止まっていた。尾を揺らしながら、実に耳に心地良い可愛い声で鳴いている。嬉しくなってしばらく眺めていると、すれすれのところに糞《ふん》を落としてきた。

その日の晩、ある新聞社からメールがあり、半年間コラムを担当してくれないかという。報酬は悪くなかった。小説家は不安定な職業である。半年間の定収入はありがたく、二つ返事で引き受けた。私は、これは青い鳥が運んできた幸運に違いないと思った。

数日後、近所の家の屋根の上にいる青い鳥をまた見かけた。私は、また何か良い知らせがあるかも知れないと考えた。五月の雨上がりだった。仕事場に戻った私は、土が柔らかいうちにと鎌を使って庭の雑草を刈り始めた。すると庭に青い鳥が舞い降りてきて、土を啄《ついば》み出した。カメラのレンズを向けると、青い鳥はちらっとこちらを見てから飛び立った。

調べてみると、イソヒヨドリという鳥だと分かった。何にせよ、向こうから庭に舞い降りてきてくれたのだ。私は吉報を待った。

その翌日、出版社に渡していた書き下ろし小説のリライトの結果がメールで届き、「第一稿よりずっとよくなっております。面白いです」とあった。駄目だと思っていたので私は大いに安堵した。

「青い鳥を見ていいことがあった」というツイートをした結果、このエッセイのお題は「青い鳥」になった。「幸せな内容は苦手なのだが」とためらったが、不安は予想通りになった。

数日後、ノートパソコンが壊れた。電源を入れても、ファンが回るだけでハードディスクが起動しない。そして今、私は喫茶店でこのエッセイを書いている。さっき小説の担当編集者から電話があり、「会議において、今のままでは全面的に書き直してもらう以外ないという意見で社内がまとまりました」と宣告された。え？　書き直すと言っても、それはほとんどまったく新しい長編を一本新たに書き下ろすことに等しく、期限はあと一ヶ月しかないのである。

私はすっかり落ち込んで、青い鳥は不幸の鳥だとすら思い始めている。

戦場の兵士たちや強制収容所の捕虜の記録には、どんな小さな出来事も帰国や解放の前兆と考えようとする人間の心理がうかがえる。しかし彼らの懸命の祈りと、私が青い鳥のもたらす幸運を信じようとしたこととの間には雲泥の差があるような気がする。

自己啓発本のブームはまだ続いているのだろうか。強い思いは無意識にまで下りていき、やがて集合的無意識にまで作用して他者を動かし、その結果どんな願望も必ず実現する、というポジティブ・シンキングの理論を本気で信じていた時代が私にもあった。しかしそんな魔法の杖がもし存在するなら、そもそも文学など必要だろうか。文学とは、希望が絶えたその先を描くものだと私は思い定めていたはずである。手放しの希望を語る言葉ほど、絶望している者にとって残酷な言葉はないであろう。

小説の全没など私にとって珍しいことではなく別に不幸の数には入らないのだが、青い鳥を見かけて性懲りもなくうっかり希望を抱いてしまった自分がちょっと情けない。

妻は娘時代に、小鳥を飼っていた。部屋に放して一緒に遊んでいたが、彼女はいつの間にか眠ってしまった。目覚めた時、小鳥の姿はなかった。ふと布団を見ると、寝返りを打った拍子に彼女の体に潰された小鳥の死骸があった。それ以来、妻は小鳥を飼うことができないでいる。青い鳥は幸運の鳥だと一瞬でも無邪気に信じた自分は、文学の徒としてどうなのかと思わずにいられない所以《ゆえん》はこんなところにもある。

「家」

自分の所有物が置いてある場所が家だと思う。

フーテンの寅さんは風来坊だが、ちゃんとスーツケースを持って移動している。あの中には叩き売りのための商品の他に、寅さんにとって大切な私物が入っているに違いない。従って寅さんはスーツケースを手にしている限り、柴又のおいちゃんの家にいてもそこが我が家であり、日本国中どこに行ってもそこを我が家にできるのだろう。

冬になると、ブルーシートを被せたプールがよく見られる。水を抜いて天日に晒されるとプールは傷みやすいので、オフシーズンも水を張ったままにしてあるのである。地震国日本の家屋は、そのブルーシートの上に積み木を積み上げているようなものだと思う。ブルーシートの端を足で踏むと、振動が全体に伝わって、積み木の家は瞬く間に総倒れになってしまう。

私は阪神大震災後、持ち家を売り払って借金をゼロにし、借家住まいをするようになった。特に分譲マンションは、地震が来て一本でも亀裂が入ると建て替えなければならない。一戸建ての持ち家も、倒壊すれば補修、建て替えを余儀なくされる。それは大変なことだ。しかし借家の場合は、命さえ助かれば、「お世話になりました。それでは失礼致します」と言って立ち去るだけで済むのである。東日本大震災では、土地そのものの価値が大きく下がった。帰還困難区域というのも発生した。土地・建物は不動産と言われるが、実際には日本に「不動」産という物は存在しないのではあるまいか。東南海地震や首都直下型地震は、明日起こっても不思議ではない。大地はいつ動くか分からない。いざと言う時には、寅さんのような身軽さが最も効率的ではないかと思う。

にもかかわらず、高層ビルは新しく建ち続け、何十年ものローンを組んで家を買う人が後を絶たない。耐震補強されているとは言っても、自然の猛威は予測が付かない。一般庶民にとって家は一生のうちで最も大きな買い物だと言われるが、要するに我々は、家より大きな人生の夢を知らないのではないだろうか。結婚して子供を授かり、家族で車庫付きのマイホームに暮らすこと。これができれば実際は大したものであると思うが、この画一性は、これが企業によって作られた夢かもしれないという疑念を生じさせる。

私達夫婦に子供はいない。弟にも、子供はいない。孫ができると祖父母は喜ぶのが一般的だが、私の父母は「これで我が家は断絶だな」と言って笑っている。仏教の教えは基本的に色即是空であるから、死ねば何もない。家の存続を尊ぶのは、お盆にこの世に戻って来た祖先の霊を子孫が迎える必要があるからで、これは仏教ではなく儒教の影響であろう。しかしどうもこのような考え方を尊重する家風は、我が家にはないようだ。

私は社会科の教員だったが、小中高とずっと日本史が好きになれなかった。世界史にはゲルマン民族大移動やシルクロードなどといったスケールの大きさがあるが、日本史を動かす原動力がお家の跡目争いや藩の取り潰しの危機にあったと言われると

（これは間違っていると思うが）、そんな余所の家のことなど知ったことではなかったし、そもそも家系が断絶することの何が大問題なのかピンとこなかった。もっと大きな視点から日本史のダイナミズムを教えてもらえていれば少しは変わっていたかもしれないが、もう手遅れの気がする。私と弟が死ねば父の血は断絶するが、これに対して我が家の誰も何の感慨も持っていない。我々と共通の祖先を持つネアンデルタール人は絶滅したが、我々現世人類もいつかは絶滅するだろうし、まずもって地球も宇宙も無限の存在ではないのだ。

東日本大震災の時、家族の絆というものがあたかも絶対の善であるかのように連呼されたが、現実には良い家庭もあれば地獄のような家庭もあるわけで、家族の絆に縛られて死を選ぶ人もいる中で、家を絶対視する全ての言説に私は拒否反応を覚える。

全部見たわけではないが、今のところ寅さんシリーズの中で私が一番の傑作だと思うのは、『男はつらいよ　寅次郎あじさいの恋』である。寅さんはいしだあゆみと一夜を共にする絶好のチャンスを迎えながら、自分からその機会を手放してしまう。この作品を見た時、涙の向こうに、性的不能者であるかもしれない寅さんの哀切極まる姿が浮かび上がった。彼はマドンナとの温かな家庭を絶えず夢想しつつ、少しでもその夢が実現しそうになるとそわそわと落ち着かなくなり、自分からその夢を叩き壊して旅に出ざるを得ない異端者なのだった。

平和な家庭や先祖代々の家というものに対して、どうしても尻を据えることができない生来の放浪気質の持ち主がいる。彼らにとって、最も落ち着かない場所が家なのだ。そういう人間に対して家の素晴らしさを強要するのは、下戸《げこ》に酒を勧めるようなもので、明らかにマナー違反である。彼らに家はないが、どこにいても失われることのないスーツケースを持っている可能性がある。それは、どんな大邸宅であってもそれがなければ空き家同然の、心の宝物であるかもしれない。

「友」

高校時代に、友達と一緒に弁論大会を開き、私も登壇した。

私は「友情について」という講演をした。全く柄にもない演目だったが、これにはちゃんと種本があった。西尾幹二の『ニーチェとの対話』（講談社現代新書）がそれである。

その本の中に、『ツァラトゥストラ』からの次のような引用がある。

「君は君の友の前にいるときに、衣服を脱いでいたいと思うのか。ありのままの君を相手に与えることが、友の名誉になるとでもいうのか。だが友はそういう君を、まっぴら御免だと言うだろう！」

この本は、当時のまま私の手元にある。このエッセイを書くに当たって今回第一章「友情について」を読み返してみたが、四十年前からこの本がいかに自分の友情観に影響を与え続けてきたかが分かって私は驚いた。この弁論大会で「声が大きかったで賞」を貰ったと記憶しているが、その時私が大きな声で主張したのは、ありのままの自分を見せることが真の友情なのではないかという一点だった。

私はこの時、一緒に弁論大会を主催した友人のNに向けて声を張り上げていたに違いない。

Nは才気溢れる友であった。私は文学や哲学や精神世界について、彼から大きな影響を受けた。Nはとにかく書き魔であった。小説や詩も書いていて、とても敵《かな》わないと思った。

印象に残っている出来事が二つある。

学校のトイレにNと二人で入り、並んで小便をしていた時のことである。彼は私の股間を覗いてきた。私は羞恥心から、とっさに自分の股間を隠した。すると彼は「何で隠すんや。まだまだやなお前は」と言った。

もう一つは、彼が自分の日記を我々に見せたことだった。その中には、彼のありのままの心情が綴られていた。そして、我々の共通の友人Hに対する批判めいた言葉も見られた。私はこれを読むHの気持ちを慮《おもんぱか》り、暗澹とした。

Nは、「在るがままに生きる」ということを実践していたのである。

しかし私は、どこかついていけないものを感じていた。ありのままの自分を見せることが、正しいやり方だとはとても思えなかった。むしろそんなのはまっぴら御免だとさえ思った。私が弁論大会の演題として、ニーチェの友情論に飛び付いた、これが理由であったと思う。

数年前、そのNが突然倒れた。心臓が止まり、脳への血流が停止して意識がないという。私はその知らせをHから受け取った。しかし私は病院に行かなかった。その時私の頭にあったのは、ニーチェの次の言葉だった。

君は友が眠っているところを見たことがあるか、眠っているときにはどんな様子かを知ろうとして。

（中略）

君はいっさいを見つくそうとしてはならない。

私はNは死ぬかも知れないと知らされていた。しかしもし私が彼なら、意識不明の自分の顔を見られたいとは決して思わないだろうと考えた。

その後彼は奇跡的に意識を取り戻した。そして次第に喋れるように、歩けるようになっていく。NはHに「あいつはなんで俺に会いに来てくれへんのや？」と言ったそうだ。私はようやく見舞いに行き、死の淵から生還したNと言葉を交わした。

Nはその後、小説や仏教の解説書を世に送り出すほどに、見事な回復を見せた。

私には親友と呼べる友がいるだろうかと、時々考えることがある。

私の結論は、いつでも「いない」である。

そして友とは、互いに相手にありのままを晒す間柄ではなく、むしろ相手に対する美しき誤解を抱ける関係であれば、それで充分ではないかと考えることにしている。

互いに尊敬し合い、その誤解によって自他共に高め合うことができるなら、それこそが真の友情ではないかと。馴れ合いのような友情なら、ない方がましだ、と。

Nは今も在るがままに生きているように見える。

そこに感じる違和感も相変わらずで、今でも私は自分の日記の中でNについて批判的に書くことが少なくない。ずっと過剰に意識し続けているのである。

そして私は、実はその本当の理由に気付いている。

私の心の中には、Nと出会った時から、いや恐らくそれ以前からずっと、Nのように在るがままに生きられない心のブロックが存在していて、私はこれをどうしても超えられないのである。それは羞恥心とも美意識とも言えるが、恐ろしいほど強い不自由さでもある。

私は自由を謳歌するNに、四十年間嫉妬し続けてきたのだ。

しかしもう、今となっては手遅れの気がする。私はNに、俺の臨終を見舞うなと言ってある。ここまできたら、せめて彼の前だけでも最後まで自分の美意識を貫きたい。

弱りきった死に際の顔など、見られてたまるか。

「歌」

歌うことは、話すこととは違う。

人と喋り過ぎた時、もしくは余りに人と喋らない日が続いた時、私は無性にカラオケに行って歌を歌いたくなる。

誰かと一緒に行くのではない。私のカラオケは、ほとんどの場合「独りカラオケ」である。聞きたくもない他人の歌を聞かなくて済むし、マイクは独り占めできるし、他人の評価を気にする必要もないので、これ以上恵まれたステージはないであろう。

弟は私よりずっと歌が上手いが（弟はほとんどの面で私より優れている）、独りカラオケは恥ずかしくてとてもできないと言う。そこには彼なりの美学があるようだが、そもそも他人の前で歌う方がよほど恥ずかしいではないか。私にはそんな美学はない。平気で独りで行って、独りで歌う。三時間ぐらいは平気で歌う。それでも田舎のせいか、フリードリンクなどを頼まなければ千円ちょっとで済んでしまう。

歌うのは、五輪真弓、ちあきなおみ、中島みゆき、サザンオールスターズ、ジョン・レノン「イマジン」、チャゲ&飛鳥「終章(エピローグ)」、チューリップ「サボテンの花」、シャ乱Q「シングルベッド」、かぐや姫「妹」など、大体いつも同じメニューである(こうやって挙げ連ねるだけで、結構恥ずかしいことに今気付いた)。これらの曲を、一生懸命歌う。手抜きをせず、全身全霊で一生懸命歌うというところに、私のカラオケ歌唱のポイントがある。なぜそんなところにこだわるのか自分でもよく分からないが、歌というものは真面目に歌うものだと思うのである。楽しむことは大切な要素だが、不真面目はいけない気がする。

私は小説を書くのが仕事で、絵を描いたり講演や対談もするが、歌うことは絶対に仕事に結び付かないと分かっている。音痴ではないが、歌でお金が稼げる可能性は間違いなくゼロである。私は百パーセント自分が歌いたくて歌うのだ。

しかしなぜ歌いたくなるのだろうか。

歌うことでしか出せない声というものがある。その声を、出したいという欲求がある。しばらく行かないと、その声がうまく出せない。そういう時は何度か同じ歌を歌って練習する。腹式呼吸を思い出すと、たいがいは出るようになる。すると、私は嬉しくなる。

もう一つの理由は、憑依である。自分が歌に乗り移るのか、歌に乗り移られるのかよく分からないが、その歌の世界に浸り切って歌うところには確かな醍醐味がある。優れた歌手はことごとく、歌に取り憑かれているものだ。ちあきなおみが「かもめの街」を歌う時、彼女は完全に朝帰りする港町のスナックの女になっているし、「朝日楼（朝日のあたる家）」を歌う時の彼女はアメリカの娼婦である。スタジオで、今の今まで笑って話していたちあきなおみが、たかが十数秒間の前奏の内にすっかり歌の登場人物になり変わり、別人となって歌う様は本当に素晴らしいと思う。私は歌手たちのこの巫女的な能力に敬意を表する。

そして私もカラオケボックスの中で、及ばずながら、真剣にこの憑依を試みるわけである。性別も年齢も関係なく、その歌の世界そのものに浸り切る。これは大真面目にやらないとできることではない上に、少しでも失敗するとこれ以上恥ずかしい姿はない（スナックの女や娼婦が、中途半端におっさんである姿を想像していただきたい）。私が防音の個室で独りカラオケをするのは、従って真剣さの故なのだ。いい加減に歌うのであれば、人前であろうと少しも恥ずかしくないであろう。

歌うということは恐らく人類にとって最も根源的な行為の一つであり、絶滅したネアンデルタール人とも、歌があれば通じ合える気がする。唸っていても、叫んでいても歌である。歌がコミュニケーションの手段なら、カラオケの個室にこもって独りで歌うことに固執する私は根本的に間違っているのかもしれないが、一生懸命歌っていると、遠いところの何かと呼応した気になる瞬間がある。何と呼応したのか分からない。人類の祖先である遠い時代の猿だろうか。

「記憶」

私は記憶力が弱い。特に、女性に関してはそうだ。まず、記念日が覚えられない。髪型や服装も、殆ど記憶に残らない。これは、その女性に対する好悪に関係なくそうなのだ。だから私はよく女性に怒られる。モテる男は、おしなべて女性の髪型の変化や服装に敏感で、記念日などもきちんと覚えているマメ男である。逆に言うと、女性はそういう男に意外と簡単に騙されるのかもしれない。

私のような人間とは対照的に、記憶力の優れた女性は少なくない。彼女たちは、大変細かい所まできちんと覚えている。これは脳の構造の違いによるものだろう。男の浮気がすぐにばれるのは、女性の記憶力を侮った結果であることが少なくないと思う。浮気がばれないために必要なのは記憶力だ、と看破した作家がいたが、なるほどという気がする。

ある女性作家は、作家に必要な資質として記憶力をあげていたが、それは知識の記憶ということではなく情緒の記憶なのだそうだ。あの時あの場所で、自分は何をどう感じていたのか、それを克明に記憶し、精確に再現できることが小説を書く上で大切なのだという。

ある哲学者がこんなことを言っていた。記憶というものは、脳の中に蓄えられた過去の出来事の巨大データのようなものではない。思い出す度に常に同じデータが引き出されてくるのではなく、想起する度に現在の自分が解釈し直した新たな「記憶」が創造されるのであると。

最近知り合いと、ちょっとした言い争いをしてしまった。それは、南京虐殺はあったのかという問題をめぐってだった。私は若い頃に本多勝一の著作を読み、当たり前のように虐殺の存在を信じてきたが、しかしS氏はあれは中国政府の捏造《ねつぞう》だと言う。もちろん私は南京虐殺をでっち上げだとする説は知っていたが、こんなに身近な人間にそれを力説されるとは思わなかったので少々面食らった。そして話せば話すほど、たかが八十年前の出来事についてさえ、現代の我々にはその真実を知り得ないのではないかというやり切れぬ思いに沈んだ。

真実は一つのはずである。しかしその真実がたった八十年の間に曖昧になり、確かな記録であるはずの写真も捏造や転用だとされ、人々の証言は立場によって百八十度違っている。これは一体どういうことなのか。

人間の記憶というものは、今この瞬間に起こった出来事についてであっても、人によって異なった解釈が加えられ、処理され、保存される（あ、この人は今勝手な解釈をして捏造記憶を持ったな、と分かる場合も少なくないが、それを訂正するのは至難の業である）。それだけでも、個々人の記憶には随分差が出る。また、ある強烈な個人的経験や思想的転回によって、膨大な記憶の相貌が一挙に組み変わったりすることもあるに違いない。歴史的事実、特に虐殺の記憶などは、加害者と被害者との立場の違いがその差を一層大きくするであろう。沢山の手記も残されているが、一体どれが正しいのか。

私が付けている百冊以上の日記の記述は、その時点の私が、その日の出来事に対して下した解釈に過ぎないという側面を持つ。客観的事実はお天気ぐらいのもので、どんな記述もよく読むと必ず私的な解釈が加えられ、ある意味歪められている。同じ時空を共有した二人の人間の記憶すら同じでないのは、我々は物事を自分の文脈に沿って記憶するからであろう。

記憶は一種の物語である。古事記や平家物語のような物語として、我々は自分の記憶を、絶えず自分なりの節回しで、自分に対して歌うように繰り返し物語っているのではなかろうか。それはできるだけ自分にとって心地よいものであって欲しいし、そうでなければ記憶に残らないに違いない（余りの不協和音に満ちた記憶は、恐らく抑圧されるか、捨てられてしまうからである）。

我々の一生は、延々と記憶の彫琢《ちょうたく》に費やされているのかも知れない。どんな記憶も、自分でも気付かぬぐらい少しずつ捻じ曲げていけば、大した良心の呵責なしに、やがて自分にとって都合の良いものに作り変えることができるだろう。日記はある程度、そのことに気付かせてくれる。思い出すのに苦しくないように、胸の痛みを感じなくて済むように、言い訳が成り立つように自分がいかに記憶を改竄《かいざん》していたかは、日記の記述と照らし合わせることによってある程度確認することができる。しかし日記に書かれた時点で、既にその記述に恣意性が加えられた可能性もまた否定できない。

死を前にした老人が自分の人生を振り返る時、その記憶（物語）は果たして真実だろうか。私はある老人が自分の犯した過去の過ちを真っ向から否定し、自分は何も悪いことをしていないと昂然と言い放つのを見たことがある。それは明らかに記憶の捏造による自己正当化であった。それは責められて然るべきだと思う反面、極めて人間的な人生の仕舞い方にも思えて複雑な心境になった。私も程度は小さくとも、日々その老人と同じ記憶の改竄をしているのではないか。死に際しては、もっと大胆に記憶を作り変えてしまうのではないかと思わずにいられなかった。

人間が自己正当化に費やす時間と労力は膨大なもので、誰でも全力でこれをやっている気がする。日記や小説などはひょっとするとそんなエクスキューズの最たるものかもしれず、そう考えると小説家というものは薄汚れた仕事に思えてくる。しかしそういうちょっと不潔な感じのする仕事というのは、実は私は少しも嫌いではない。

「暇」

学校（school）の語源はギリシア語のスコレーで、これは暇という意味だそうだ。

ゆったりとした時間があってこそ、人はものを考え、学ぶということなのだろう。

逆に、忙しいと、余り物を考えなくて済む。辛いことがあった時、人は仕事や趣味に打ち込むことでその辛さを忘れようとする。喪主にとって葬式がやたら忙しい理由のひとつも、そういうことかも知れない。

私は二十七年間教師をしていたが、学校にはスコレーなどまったくなかった。一旦登校すると、下校時間まで生徒も教師も息つく暇もない。授業がなければその代わりに行事があり、年間スケジュールは常にパンパンである。学校というのはあたかも、生徒に一刻の暇も与えてはならないという強迫観念に支配されたような場所だった。かく言う私も生徒が暇になるのを恐れ、間延びやあくびとは無縁の退屈しない授業を目指した。しかしその多くは失敗した。暇は与えられずに授業は退屈というのでは、生徒はいい迷惑だったに違いない。そもそも教師が一方的に喋るだけの授業形態には限界がある。そこを突破できなかったことは残念だったが、少し前までやっていた大学の講義や、今もしている講演会で、未だに自分が同じ轍《てつ》を踏んでいるのが情けない。

学校というのは、暇を持て余した生徒が勝手に何かをやり始め、それに伴って湧いてきた疑問を図書室で調べたり教師に訊いたりして、それぞれの切り口から世界についての知見を広めていくべき場所のような気がする。世界を理解するのに、決められた切り口から入る必要などないであろう。どのルートを辿っても、世界という山の頂上には登れるに違いない。多くの教師が工夫を重ね、今では少しは学校にスコレーが生まれているのだろうか。

私は中高時代、実に多くの時間を無駄にした。学校から戻って来て寝るまでの、夕食と風呂以外の時間を私は部屋にこもって過ごした。部屋にさえいれば、親は勉強しているものと安心してくれたからである。しかしもちろん勉強などするわけがない。

テレビゲームとも無縁で、今の時代のようにスマホやパソコンもなかった。では私は何をしていたのかと言うと、ひたすらウダウダしていたのである。何か決まったことをしていたのではない。ノートに落書きしたり、駄文を書いたり、コンパスの針で指を刺して血を流したり、本を読んだり、寝転がったり、手淫をしたり、鼻糞をほじったり、生卵を温めて孵《かえ》そうとしたり、独自の宗教を「発明」して机の抽斗《ひきだし》の中に祭壇を作ったり、ビニール袋の中に小便を溜めてカイロ代わりにしたり、犬になったつもりで手を使わずにお菓子を食べたり、気が狂った振りをして転げ回ったりして、ひたすら自分だけの流儀で暇な時間を埋めていた。人に堂々と言えないこういう名付けようのないことが、今にして思えば一人の時間を楽しむコツのようなものを体得させてくれたような気がする。

「趣味は何ですか？　暇な時は何をしていますか？」と訊かれて、「はい、サッカーです」「はい、釣りです」「はい、将棋です」と堂々と言えることだけが有意義なことなのかという、根本的な疑問が私にはある。学校という場所は、名付け得ない曖昧で意味のない活動を一切認めない。しかし本当は、出来合いの物でない正体不明の活動こそ、人生に何かオリジナルな楽しみを生み出す土壌となるような気がするのである。

東京で高校教師をしていた時、私はこのような内容のエッセイをPTA新聞に書いた。すると、小説『ハリガネムシ』の柴田女史のモデルとなった女教師から批判を受けた。そういう曖昧で無意味なことを意味のあるものにできるのは一部の人間だけで、大半の生徒は一定の型にはめられて鍛えられる必要があるのです、と。

一理あると思ったが、心から納得することはできなかった。

考えてみると現代人は、老後において有り余る暇をどうするかという大問題に直面している。老後の暇の多さは、学生時代の比ではない。その時、人生において型にはまった活動しか知らずに過ごしてきた老人は、やがてその型についていけずに脱落し、無為の海へと沈んでいくような気がする。しかし若い頃から曖昧な活動に慣れ親しんできた老人は、老いてなお、何か自分なりのウダウダを発明していくことができるのではないかと思うのである。

夜遅くまで塾に通っているハードワークな小学生を見る度に、人生のどこかで巨大な暇に直面して困惑する彼らを想像して心配になる。本当に必要なのは、暇をどう埋めるかということではない。人から全く評価されない無意味な営みを、自分だけで楽しめるかどうかなのである。金もかからず体力も必要としない何か自分だけの楽しみを、無から捻《ひね》り出すことができれば老後は安泰である。

「笑い」

私は眠っている時に、突然笑い出すことがある。なぜそれが分かるかと言うと、眠りながら笑っている場合は大概、半分目覚めているからである。夢の中で何か面白いことが起こっていて、それを見て笑う自分を抑えることができない。実際に笑い声を立てたりもしているようだ。

こういう現象が起こる時は、日常の中に笑いが少なくなっているのである。

私は一日の殆どを仕事場で一人で過ごしているが、一人でいて笑うということはまずない。たまにうーちゃん（飼いウサギ）が笑わせてくれるのと、YouTubeで吉本新喜劇を見て笑う程度である。教員をしていた時（特に支援学校で）は毎日生徒に笑わせてもらっていたが、今は日に一度も笑わないこともある。

スーパーに行くと、よく高齢者が一人で買い物している。老婆の場合は口角が微妙に上がっていたり、目が三日月っぽくなっていたりして、一人でも買い物を楽しんでいることが分かる。しかし男性の単独老人の場合は、まず例外なく不機嫌な表情をしている。中には、明らかに怒っている人もいる。彼らは心の中でこの世の中について延々とボヤいているに違いなく、それが顔に出てしまっている。明らかに鬱憤を溜め込んでいるのだ。だからちょっとしたことで彼らはキレる。いわゆる暴走老人である。

女性は老いてますますよく喋り、よく笑う。高齢の女性と腕を組んで歩いたことがあるが、女性らしい柔らかさを感じてグッときた覚えがある。

女性が柳か海草とするならば、男性は枯れ木である。カラカラに乾いて柔軟性に欠け、少し無理をするとポキッと折れてしまう。せめてむっつりせずにもっと喋ればいいのにと思うが、よく喋る老人は往々にして同じことばかり喋って話がさっぱり面白くなく、むしろうるさがられていることが多い。そういう老人がしているのはまず間違いなく自慢話である。老婆は現在に生きて現在を楽しみ、老人は過去を懐かしみ現在を呪う存在と言えようか。

もし老いてなお自他共に笑える能力を保持できていれば、人生はどれほど楽しいものになるか分からない。

私の父は八十四歳だが、なかなかいい線いっている気がする。まず文句が少ない。基本的に機嫌が良い。人生にもう何も期待していないので、その諦念が不機嫌であることの理由すら掻き消してしまったかのようだ。そしてよく笑う。日本酒一合で、実に幸せそうだ。物忘れがあり、よくマンションの鍵を忘れて家に入れなくなる。連絡をもらって行ってみると、管理人さんと近所の人の二人の女性を相手に笑いながら楽しそうに喋っている。私でさえこんな機会は滅多にないと思い、羨ましいと思うと同時に私ははたと気が付いた。

老人というのは、ある程度健康で、いつも上機嫌に笑ってさえいれば、それだけで女性にモテるのだ。
私は父の素質を受け継いでいるだろうか。

私はこんな仕事をしているのでいつも何か考えているのだが、それはいささか浮き世離れしている上に、基本的に不機嫌という色に染まっている。世界の実相とは何か、虚実の境はどこか、などとまじめぶってやっている人間にとって、たとえば妻の買い物に付き合うことは、余りに世俗的で、ある意味苦役と感じることもある。

ところが弟はそうではないらしい。彼は漫画家だが、私と違って買い物が大好きで、ユーモラスで、よく笑う。自分でも「俺は顔はおっさんで心はおばさんや」と言っている。実際、私の妻の買い物によく付き合ってくれて助かっている。「こっちの店の方が十円安いやんけ」と言っては二人で喜んでいる様子を見ると、バカらしいという気がしつつも確かに楽しそうではある。

どうやら父の素質を受け継いでいるのは、私ではなく弟のようだ。

私も老後にちょっとしたモテ期を迎えたいという気持ちはあるので、せめてもう少し口角を上げる練習でも始めようかと思うが、しかしこのように形から入ろうとしている時点で、既に頑迷な老人特有の固さが出てしまっている気がする。

「言葉」

忘れられない言葉というものがある。私の場合、その言葉は一見何の変哲もない、普通の日常会話のような言葉である。それは、こんな言葉だ。

「明日は雨だ」

この言葉は、私によって傷付けられ、心身共に疲弊した一人の女性が、その弱り切った喉の奥からやっと絞り出した言葉だった。

季節はいつだったろうか。天気は下り坂で、天気予報は翌日が雨であることを告げていた。彼女はその天気予報を受けて、この言葉をポツリと放ったのである。表面的には、そういうことでしかなかった。

我々はこの時、別れるかどうかの瀬戸際に立っていた。無数の言葉が遣り取りされた後で、二人とも疲れ切っていた。彼女が言ったこの言葉には、大した意味はないと思われた。少なくとも、我々が延々と話してきた文脈からすると、無意味に近い言葉である。明日が雨であろうと晴れであろうと、それは我々の運命とは何の関係もなかった。そして私はその後、彼女と交わした言葉をすべて忘れてしまった。しかしこの言葉だけは、いつまでも忘れられないのである。そしてこの言葉を思い出す度に、あの時のすべてを瞬時に思い出す。

言葉というものは、文法や規則や論理性に則って、意味を伝達する記号である。それは伝達手段として、すべての人間に開かれている。しかしまた、無数の音階が存在するにもかかわらずピアノには八十八個の鍵盤しか存在しないように、言葉もまた限られた音や文字しか持たない極めて不完全な表現媒体である。そのため、あたかも質を量で補おうとするかのように、精確な伝達を目指して我々は延々と膨大な言葉を遣り取りしがちだ。しかし言葉というものは、多くを語れば語るほど焦点ぼけして、意味が曖昧化していく傾向があるらしい。多弁な人間の話は、往々にしてよく分からないものだ。

逆に、一見大して意味のない言葉に、広大な意味を感じる場合もある。

私と彼女は何日も話し合い、答を探したが、見付からなかった。我々がずっと問い続けた果てに辿り着いたのが「明日は雨だ」という言葉だったとすれば、それは余りにも的外れなものに思える。しかし実際は、この言葉が結論だったのだ。

この言葉は、いつ果てるとも知れない議論に（即ち言葉の応酬に）不意に嵌入《かんにゅう》し、その余りの凡庸さと意味のなさのゆえに、我々が積み上げた言葉の山を一挙に吹き飛ばしてしまったようだった。今までに交わされた無数の言葉は意味を剝ぎ取られ、我々は粉々に飛び散った。「喝！」を浴びせられた禅僧のように。

同時に、私はこの時「あ、明日は雨なのか」と思い、ふと我に返ったのである。「明日は雨だ」という言葉はまるで依《よ》り代《しろ》のようにそこにあり、私はそれにそっとしがみ付いた。二人で積み上げた膨大な言葉が消滅した後に、ごく当たり前のシンプルな言葉だけが残されていたのである。

もうそれ以上の言葉を交わす必要はなかった。私と彼女はこの時、これは妙な言い方だが何よりも「明日は雨だ」そのものとなり、それ以上でも以下でもなかった。そして私は、それで充分だと思った。

言葉というのは、時として論理を超える。禅問答のような無意味で珍妙な言葉が、どんな論理的な言葉よりもストンと胸に落ちる場合もあるのだ。

そういう言葉は、意味に縛られていないからこそ一層、純粋で強靱なのかもしれない。

「あとがき」

本書は、亜紀書房のウェブマガジン「あき地」に連載していたエッセイをまとめたエッセイ集の第二弾である。

連載中は前回同様、若松英輔氏と同じテーマで進めたが、前回の本が若松氏と同タイトル（『生きていくうえで、かけがえのないこと』）だったのに対して、今回の本はそれぞれ別タイトルである。

『うつぼのひとりごと』というタイトルは、若松氏の発案によるもので、私にはうつぼのイメージがあるのかと意外だった。むしろナマコではないかと思って提案してみたが、こちらは各方面の方々に不人気で即却下となった。

エッセイと言えば、今から十四年前、芥川賞の授賞式の二次会の席で古井由吉氏に言われた言葉が忘れられない。

「読者の中には、もっぱらエッセイに絞って読む人もいるから、決して手を抜かないようにしなさい」

以来、エッセイに臨むたびに、この言葉を思い出している。

しかし「手を抜かない」と言っても、それが具体的に何を意味するのかは書き手によってそれぞれであろう。私には古井氏のような格調高いエッセイも、若松氏のように慈愛と哀しみに満ちたエッセイも難しい。試行錯誤の結果、すべてのテーマを個人的な経験に引き寄せて、皮膚感覚として語ることが一番性に合っていると気付いた。と言うか、それしかできないのである。従ってこれまで、どんなテーマも具体性という一本に絞って書いてきたつもりである。そのため、私のエッセイにはちょっと個人的な体臭のようなものがきついかもしれない。それが駄目と言う読者もいるだろうと思う。しかしその臭みを出すことに関しては、手を抜いてこなかったつもりである（努力の方向性が違うぞ、というご意見もあるだろうが）。

『生きていくうえで、かけがえのないこと』のテーマはすべて動詞だったが、本書のテーマはすべて名詞である。次は形容詞だろうか。自分で考えたテーマもあれば、与えられたテーマもある。考えたこともないお題もあって楽しめた。

締め切りが迫ってくると、一日か二日お題について考える。何か頭に浮かぶと、行きつけの喫茶店でエッセイ用のノートに万年筆で手書きする。これが作家っぽくて実に楽しい。ところがこの段階での文章は、役に立たない場合が多い。仕事場に戻ってワープロで清書するうちに、まったく違う文章になっていくことがしばしばあった。手書きすることで余分なものを吐き出して、最後に残った僅かなエピソードを足掛かりにして最終的に組み上がる、というパターンが多かった気がする。

どんなテーマにも、先入見や既存のイメージが垢のように付きまとっている。それを一旦落とす作業が必要らしく、それが私の場合、手書きという工程でなされるのかもしれない。

芥川賞の授賞式では、河野多恵子氏に、小説を手書きするようにアドバイスを受けた。しかし、未だにできていない。エッセイも小説も、書き始める時にどうしても必要な執筆に対する構えのようなものがあり、それが整わないと、手書きでもワープロでも駄目なような気がする。私は毎日日記を手書きしているが、この最も弛緩した構えを引きずったままエッセイや小説を書き始めてしまうことが、最も大きな敗因ではないかと思う。

時代には逆行しているが、いつかすべての原稿を手書きするアナログ作家になりたい。なぜなら、私は他人の手書き原稿が好きでたまらないからだ。自分の手書き原稿が存在しないまま死ぬなんて、寂しくて堪らない。もっとも、誰もそんなものは必要としないかもしれない。

匂いのない牧草は、うーちゃん（飼いウサギ）も食べない。願わくば、このエッセイ集が納豆や糠《ぬか》のような微妙な臭みを放っていてくれたらと思う。

今回も的確なアドバイスを示して下さった亜紀書房の内藤寛氏と、時々ツイッターで絡んで楽しませて頂いた若松英輔氏に、心から感謝いたします。

二〇一七年七月

吉村萬壱

【初出】

亜紀書房ウェブマガジン「あき地」

二〇一六年十一月十日～二〇一七年七月一日。

「暇」「笑い」「言葉」の三篇は書き下ろしです。

吉村萬壱　よしむら・まんいち

1961年、愛媛県松山市生まれ、大阪で育つ。
京都教育大学卒業後、東京、大阪の高校、支援学校教諭を務める。1997年「国営巨大浴場の午後」で第1回京都大学新聞社新人文学賞受賞。2001年「クチュクチュバーン」で第92回文學界新人賞を受賞しデビュー。2003年「ハリガネムシ」で第129回芥川賞受賞。近著に、『虚ろまんてぃっく』（文藝春秋、2015年）、『臣女』（徳間書店、2014年）、『ボラード病』（文藝春秋、2014年）、エッセイ集『生きていくうえで、かけがえのないこと』（亜紀書房、2016年）など。

うつぼのひとりごと

2017年9月7日　第1版第1刷発行

著者　吉村萬壱

発行者　株式会社亜紀書房
〒101-0051
東京都千代田区神田神保町1-32
電話(03)5280-0261　振替00100-9-144037
http://www.akishobo.com

装丁　坂川栄治+鳴田小夜子（坂川事務所）
装画　あずみ虫
印刷・製本　株式会社トライ
http://www.try-sky.com

ISBN978-4-7505-1515-1　Printed in Japan

好評！　吉村萬壱エッセイ集

生きていくうえで、かけがえのないこと

吉村萬壱

休む、食べる、嘆く、忘れる……異能の芥川賞作家が描き出す、25の人間のすがた。

「精神的に大きな喪失感を味わったり、希望が打ち砕かれた人にとっては、あらゆる刺激が痛過ぎて受け容れられない。そういう人が力を回復するまでには、何年何十年を要するだろう。私の身近にもそういう人がいる。「休んで下さい」「眠って下さい」という言葉さえ、その人を充分に傷付ける。（「休む」より）

1300円＋税

書き下ろし長篇 最新刊！

回遊人《かいゆうびと》

吉村萬壱

徳間書店

過去へ跳び、人生を選べ。何度も。

少ない稼ぎで糊口を凌ぎ、平凡な暮らしとはいえ、豊かな家庭を築いた男。
だが、この幸せな日々に行き詰まりを感じた男は出奔してしまう。
そして、たどり着いたドヤ街で小さな白い錠剤を見つけ、遺書を書き、それを飲む。
別に死んでも構わないと考えて。
目覚めると、結婚前に時が巻き戻っており……。

２０１７年９月下旬刊行予定

若松英輔の本

言葉の羅針盤
1500円+税

言葉の贈り物
1500円+税

生きていくうえで、かけがえのないこと
1300円+税

詩集　見えない涙
1800円+税